SV

»Der Krieg ist wieder da.« Mit dieser ersten von sechs Stationen beginnt Alexander Kluge sein neuestes Buch, veranlasst durch einen Angriffskrieg, der auf europäischem Schauplatz, aber mit globaler Wirkung geführt wird. Der Autor zielt damit nicht auf eine Parteinahme, weder auf ein Manifest noch auf einen Appell. Vielmehr geht es ihm um den »Maulwurf Krieg«, um dessen zähes und oft unterirdisches Überleben, um das, was er aus Menschen macht und zu welchem Eigenleben er imstande ist.

Zehn Jahre war der Autor alt, als er – auf der Schulbank und mit dem Finger auf der Landkarte – deutsche Panzer auf der Fahrt nach Stalingrad verfolgte. In der ganzen Zwischenzeit bis zu seinem 91. Geburtstag im Februar 2023 Jahr hat dieser »Chronist der Gefühle« die Kostümierungen des Krieges immer wieder studiert: Krieg ist sterblich, aber er stirbt nicht schnell. Wie können wir auf seine Zumutungen antworten? Auf der Suche nach solchen Antworten hat Alexander Kluge diese Fibel verfasst: einfache Geschichten, unterlegt mit Bildern und Filmsequenzen, durchdrungen von einer Überzeugung: Wir Menschen sind für den Krieg ungeeignete Geschöpfe. Doch unsere Schwäche enthält eine Hoffnung.

Alexander Kluge, geboren 1932 in Halberstadt, ist Jurist, Autor, Filme- und Ausstellungsmacher, aber: »Mein Hauptwerk sind meine Bücher.«

ALEXANDER KLUGE

Kriegsfibel 2023

Suhrkamp

Klimaneutral
Druckprodukt
ClimatePartner.com/14438-2110-1001

Erste Auflage 2023
Originalausgabe

Umschlaggestaltung: Hermann Michels und Regina Göllner
Satz: Satz-Offizin Hümmer GmbH, Waldbüttelbrunn
Druck: CPI books GmbH, Leck
Printed in Germany
ISBN 978-3-518-43153-5

www.suhrkamp.de

»ANGESICHTS
DER MENSCHLICHEN NATUR
KAPITULIEREN DIE BÄUME«

Ben Lerner, Die Lichtenbergfiguren

Lenin trauert.

STATION 1

»Der Krieg ist wieder da«

Kinder sind die wahren Chronisten des Kriegs

Dnieper River
UKRAINE
Luhansk
DONBAS
Transnistria
Zaporizhzhia
Donetsk
MOLDOVA
Mariupol
Odesa
Melitopol
Kherson
RUSSIA
Crimea
Black Sea
200km
200 miles

Bei Betrachtung eines Kleinkindes im Jahre 1908

In der Mittagssonne wehten die Gardinen wie Segel satt vom Wind. Die Fenster des Kinderzimmers zum Garten standen weit offen.

Das Kind schlief, die Arme über der Decke, dass es nicht schwitzte. Es pupste einige Male, verdaute. Die junge Mutter wartete auf ihren Mann, der das Haus pünktlich um 13 Uhr zum Mittagessen betreten würde. Die Enzyme seines Magens, der Zuckerhaushalt seines Blutes verhielten sich wie Uhren; in allem Übrigen war er ein generöser Mann. Damit nichts den pünktlichen Ablauf störte, hatte sie das Kind vorzeitig gesättigt, und jetzt hatte sie Zeit zu warten.

Die Gesichtszüge des Kindes erinnerten sie an ihren Lieblingsbruder. Was aber kann bei einem sich täglich wandelnden Geschöpf an untrüglichen Zeichen oder an Erinnerung an andere Mitglieder der Familie festgemacht werden? Sie würde die Züge dieses Kindes von allen anderen Kindern in der Welt unterscheiden können, wie aufgeregt, wie verdreckt auch das Gesicht sein mochte oder wie diffus das Licht wäre. Sie hätte aber nicht aufzählen können, auf welchen einzelnen Faktoren dieses Gesamtbild beruhte, das in ihr war. Es war ja schon das Gesicht des schlafenden Kindes mit dem, das tags greinte oder lachte, nicht zu vergleichen.

In 36 Jahren wäre dieses Lebewesen so alt wie sie jetzt. Das wäre im Jahre 1944. Die Wartende wusste nicht, dass junge Frauen in jenem fernen Jahr bei Alarm dem Zoobunker zueilen würden, einem Betonbau, der andere steinerne Denkmäler übertraf und wirksam erst drei Jahre nach Kriegsende gesprengt werden konnte.

Meine Mutter Alice, geboren 1908.

Wir Schüler hatten im Dezember 1944 keine Ahnung von der Gefahr, in der wir schwebten

In welcher Gefahr wir Schüler des Dom-Gymnasiums Halberstadt im Dezember 1944 uns tatsächlich befanden, hatten wir nicht im Kopf. In den Pausen spielten wir »Jagdflieger«. Wir rannten als »Spitfires« und »Hurricanes« – das waren britische Flugzeugtypen aus der Anfangsphase des Krieges – die abschüssige Straße vor der Oberrealschule Westendorf, dem Ausweichgebäude unseres Gymnasiums, hinunter. Zurückgekehrt in die Schulräume, zerlegten wir Sätze aus Caesars *Gallischem Krieg* in ihre grammatischen Einzelteile. So wie wir hier arbeiteten und eine Viertelstunde zuvor noch rannten, waren wir nicht »kriegerisch«.

Das Wort »Gefahr« unterscheidet sich von den Worten »Unfall«, »Umkommen« durch den Grad an Wahrscheinlichkeit, mit dem das bezeichnete Geschehen eintritt. Eine »Gefahrenzone« ist nicht dadurch zu bestimmen, dass etwas geschieht, sondern dadurch, dass etwas darin droht. In den Dezembertagen voller »Schnee als Matsch«, der Farbe nach »herzgrau«, hatten wir nichts im Kopf als unser tägliches Tun als Schüler.

In jenen Tagen des Winters 1945 durchbrachen deutsche Panzerverbände die dünnen amerikanischen Linien in den Ardennen. Wie ich später erfuhr, sollte dieser letzte Vorstoß einer »zusammengefassten, motorisierten Truppenmasse« die Maas überschreiten und auf Antwerpen vorstoßen. Der Nachschub der Westalliierten sollte unterbrochen werden. Die dafür verwendeten Straßenkarten für die Truppe, die gesamte Logistik, stützten sich auf Unterlagen noch aus der Zeit des Blitzkrieges von 1940. Zum Zeitpunkt des Angriffs hingen die Wolken tief über den Tälern der Ardennen, und hätte dieses Wetter sich über die Weihnachtstage hinweg nicht aufgehellt, hätten die amerikanischen Luftstreitkräfte das Gelingen des Vorstoßes eventuell nicht verhindern können. IN SOLCHEM FALL HÄTTE DER KRIEG IN EUROPA SICH UM BIS ZU EINEM DREIVIERTELJAHR VERLÄNGERN KÖNNEN. Die Gefahr, von der wir Schüler nichts wussten, bestand darin, dass die im Sommer 1945 einsatzbereite Atombombe dann nicht in Ostasien, sondern in der Mitte des Deutschen Reiches zur Zündung gebracht worden wäre. Die Archive des Pentagon besagen, dass, wäre im August 1945 der Krieg in Mitteleuropa nicht beendet gewesen, die Planung vorsah, die Atombombe auf Ludwigshafen zu werfen. Alternatives Ziel: Lüneburger Heide. Göttinger Mathematiker, an der Entwicklung der Bombe beteiligt, hielten das – auch um US-Truppen zu schonen – für einen geeigneten Platz.

Bis zum Scheitern der Ardennenoffensive, also etwa zehn Tage lang, hätte »UNSER SCHICKSAL« diese Richtung nehmen und zum Einschlag der mörderischen Wunderwaffe führen können. Entscheidet sich im Krieg eine Großmacht für eine bestimmte Planung, ist diese schwer wieder rückgängig zu machen. Schon mit der Planung ist der Zeitpfeil nicht mehr umzukehren, nicht erst bei Abwurf des tödlichen Materials.

Solche Gefahr – obwohl kurze Zeit im Knäuel der Kausalitäten objektiv vorhanden – lag ganz außerhalb unserer Einbildungskraft als Schüler.

Praktische Erfahrung beim Spielen mit Zinnsoldaten

Ein beliebtes Verfahren bei Schlachten mit Zinnsoldaten ist die SCHUSSUMKEHR bei Artilleriebeschuss. Solche Umkehr der bereits abgefeuerten Munition überrascht den mitspielenden Gegner und verwirrt ihn, im konkreten Fall meinen Mitschüler Alfred Müller, der später zum Kieferchirurgen an der Charité in Berlin aufstieg. Rasch entscheidbar ist eine Zinnsoldatenschlacht am ehesten durch eine Wunderwaffe. Indessen spielten wir mit Zinnsoldaten die »Schlacht von Leuthen«.

»Frühling mit weißen Fahnen«

Als Beobachter der letzten zwei Monate des Zweiten Weltkriegs in meiner mitteldeutschen Heimatstadt war ich als Dreizehnjähriger tätig. Seit meinem Geburtstag im Februar 1945 war ich dreizehn Jahre alt. Meine Erfahrung und Beobachtungsfähigkeit war die eines Zwölfjährigen. So wurde ich

Zeitzeuge. Vom Los, als Flakhelfer eingezogen zu werden, war ich noch viele Monate entfernt.

Meine Heimatstadt verbrannte im Feuersturm. Nach dem Luftangriff vom Sonntag, dem 8. April 1945. Wir Schüler konnten die silbernen Silhouetten britischer und amerikanischer Bomber zuverlässig unterscheiden. Die Verbände, die ich bei unserer Flucht aus dem schon brennenden, aber sonst intakten Elternhaus, durch die Feuerschlucht der Kaiserstraße in Richtung Braunschweiger Straße beim Abflug mit eigenen Augen sah, bestanden aus amerikanischen Flugzeugtypen. Ich lief auf die Gehörlosenschule zu, in Richtung Badeanstalt Bindseil. Das dortige Wasser sollte mich und meine Schwester vor den Bränden schützen. In einer Kuhle sah ich Karl Lindau liegen, den muskulösen, proletarisch machtvollen Heizer unseres Hauses. Er lag noch in Deckung. Wir Jungen dagegen sahen schon, wie die Rotten und Geschwader abflogen.

Drei Tage später, am Mittwoch, dem 11. April 1945, saß meine Kleinfamilie, mein Vater, die Schwester und ich, am Rande der Stadt in der Gärtnerei Domeyer. Wir erwarteten auf der Braunschweiger Chaussee, rechts und links Entwässerungsgräben, neben den Gräben Alleebäume, dazwischen die Hauptstraße, den Einmarsch der Amerikaner. Eine langsam fahrende Panzerkolonne näherte sich am Frühnachmittag der Stadt. Links und rechts eine Reihe marschierender G. I. s. Auf die weißen Fahnen, die in der Gärtnerei und an allen Häusern gehisst waren, welche die Stadteinfahrt markierten, reagierten sie offenbar positiv. Vom Burchardi-Anger bog ein ziviles Cabriolet der Bauart 1938 auf die Hauptstraße ein. Der Insasse, ein hohes Parteimitglied der NSDAP, wurde von der US-Voraustruppe angehalten, nach Waffen abgetastet, auf den Kühler eines Jeeps plaziert und in das rückwärtige Gebiet der einmarschierenden Truppe gefahren. Wir Jungen plünderten das Cabriolet, das zur Freisetzung der Straße von den G. I.s in den Straßengraben gekippt worden war.

Ich kann mit Gewissheit sagen (ein »Erinnerungsfehler« ist nicht möglich): In keinem Moment habe ich diese in die Stadt einrückende Truppe mit den Flugzeugen, die vor drei Tagen die Stadt zerstört hatten, in Zusammenhang gebracht. Es gibt für das Beobachtungsvermögen eines Dreizehnjährigen keinen Allgemeinbegriff »Feind«. Die Reichsgrenzen von 1937 waren nichts, womit sich meine Phantasie oder meine Sinne befassten. Mich interessierten Landkarten, aber die ferner Länder, ich war neugierig. Stunden später, am 11. April, stürmten wir, mit Handwagen ausgerüstet, das Proviantamt, den gewaltigen Backsteinbau, in dem Vorräte für die deutsche Armee für die Zeit ungefähr bis zum Herbst gehortet waren.

Ein Unglück unter Millionen

Als der Treck unter Feuer geriet, hatte eine Mutter ihre drei Kinder in Richtung Wald losgeschickt, unter Führung der Ältesten, einer Achtjährigen. Sie sollten bis zu einem Holzstoß laufen, den sie am Vortag passiert hatten, und auf die Mutter warten. Die Kinder fanden die richtige Stelle nicht und wanderten von Holzstoß zu Holzstoß durch den Wald. Bald hatten sie sich verirrt, zogen weiter in die Richtung, von der sie annahmen, dass sie nach Hause führen würde, zum Heimatort, von dem aus sie aufgebrochen waren. Die Mutter suchte sie vergeblich am verabredeten Treffpunkt und dann weiter im immer größeren Umkreis. Den Anschluss an den Treck hatte sie schon verloren. Sie fand, so weit sie lief, keine Spur der Kinder. Auch nach dem Krieg blieben die Forschungen der Mutter vergeblich. Wohin waren die Kinder gelaufen? Waren sie verhungert? Waren sie irgendwem zugelaufen? Sind sie verschollen?

»An einem bestimmten Punkt der Grausamkeit angekommen, ist es schon gleich, wer sie begangen hat, sie soll nur aufhören«

Dies ist ein Ausspruch von Frau Anna Wilde, Mutter meines Freundes Fritz Wilde, Mutter von sechs Kindern. Frau Wilde arbeitete als Putzfrau in mehreren Haushalten. Ihr Mann, ein Versager. Am Tag des Luftangriffs floh diese tüchtige Arbeiterin, die aus dem Badischen stammte, mit ihren eigenen Kindern und mit weiteren, fremden Kindern aus den Haushalten, in denen sie geputzt hatte, zu den sogenannten HÖHLEN in den Spiegelsbergen, Sandsteinhöhlen, die als bombensicher galten. Für diese Frau gab es nichts »Allgemeines«. Kein Kriegsgrund, gleich von welcher Partei des Zweiten Weltkrieges formuliert, hätte sie überzeugt. Für »zu verteidigende Werte« hätte sie nicht gekämpft. Für das Überleben ihrer Kinder war sie dagegen bereit, bis aufs Blut zu kämpfen. Das Wort »Volksgemeinschaft« hätte sie als Phrase empfunden. In der Zeit, in der meine Heimatstadt zur Deutschen Demokratischen Republik gehörte, stieg diese Frau bis zur Kantinenwirtin einer Fabrik auf, die Schiffsschrauben herstellte. Mit einem filigranen System NICHTAMTLICHER TAUSCHGESCHÄFTE FÜR SCHWARZWARE IM VERKEHR ZWISCHEN GROSSBETRIEBEN arbeitete sie dem System zu, das ihren Aufstieg unterstützt hatte. Tatsächlich tat sie das nicht für irgendein System, sondern für ihre Brut. EINE

KLEINWÜCHSIGE DÜNNE FRAU. LEBHAFT UND VON UNBEZWINGBARER GEISTESKRAFT IM FINDEN UNERWARTETER AUSWEGE.

Frühling mit weißen Fahnen. Filmtriptychon. 01:27

Kinder sind die wahren Chronisten des Krieges. 03:01

STATION 2

Die Utopie der Panzerung

Utopie der Panzerung. 05:00

Gespräch über die Schildkröte – das »gepanzerte Tier«

– Die Schildkröten sind ein uraltes Geschlecht.
– Wie weich ihr Fleisch ist unter dem Panzer!
– Mit der Panzerung waren sie immun gegen Fressfeinde.
– Außer gegen den Menschen, den Feinschmecker, der Schildkrötensuppe schätzt.
– Es sind Tiere aus der »alten Welt«. Sie kommen aus einer Zeit lange vor der Katastrophe von vor 64 Milliarden Jahren, die einen so großen Teil der Lebewesen auf Erden auslöschte.
– Das lag nicht an der Panzerung. Auch die Frösche mit ihrer elastischen Haut, bestehend aus lauter Weichteilen ohne Panzerung, überlebten aus der Altzeit.
– Weiß man, warum diese Tiere überlebten, so viele andere nicht, wenn es nicht am Panzer liegt?
– Woher soll ich das wissen?

Beide Gesprächspartner forschten als Fachleute in einem Labor in Silicon Valley an Stoffen, die Langlebigkeit bewirken sollten. Beide hielten Panzerung für kein gutes Mittel, weil Panzer so schwer wiegen.

Im Zeichen des Mars
Charakterpanzer und Bewegungskrieg

Heiner Müller und ich waren ins Gemeindezentrum von Garath angereist, einem Stadtteil von Düsseldorf. Wir wollten den Landtagsabgeordneten Jürgen Büssow in seinem Wahlkampf unterstützen. Einen Tag zuvor, noch in Berlin, hatte sich Müller beim Kochen über offenem Feuer Hand und Unterarm verbrannt. Nach unserem Auftritt im Plenum setzten wir uns beiseite. Ich hatte aus München mein Aufnahmeteam mitgebracht. Es war üblich, dass Müller das Thema des Gesprächs bestimmte. Er kam rasch auf das Thema »verbrennen«. Als Beispiel fiel ihm ein, dass Panzerleute im Zweiten Weltkrieg in der neugeschaffenen Panzerwaffe verbrannten, wenn Treibstoff und Munition von Panzerabwehrwaffen getroffen wurden. »Getroffene Panzer sind eiserne Särge.« Wenn Heiner Müller ein Gespräch so assoziativ begann, musste ich mich mit meinen Fragen zurückhalten. Er würde den ersten Ansatz nach kurzer Zeit »in eine neue Richtung drehen«. Das nennt er nach einer Tagebuchnotiz von Sergej Eisenstein »kugelförmige Dramaturgie«.

Er kam dann auch rasch auf Shakespeare. Er berichtete von dessen Tragödie *Coriolan*. Dieser war ein römischer Aristokrat gewesen, ausgewiesener Feldherr, der sich gegen die Fraktion der Plebejer, eine aufbegehrende Mehrheit des eigenen Volkes, gewendet hatte und jetzt, als das Land vom Feinde bedroht war, voller Zorn auf seinem Landgut passiv verharrte. Er half nicht. Ich frage Müller, wie er von den Panzern zu Shakespeares *Coriolan* gelangt sei. Coriolan, antwortet er, ist ein Panzer. Er ist ein Charakterpanzer. Er hat sein Herz verhärtet. Und wie geht das Drama aus? Höhepunkt des Dramas, so Müller, sei die Rede von Coriolans Mutter. Sie durchbricht die Charaktersperre. Zuletzt rettet Coriolan Rom und verliert dabei sein Leben. Es stellt sich heraus, dass Heiner Müller als junger Flakhelfer 1945 in den Nebeln des Aprils mit seiner Einheit und bewaffnet mit sogenannten Panzerfäusten, einer Raketenwaffe, die von Einzelkämpfern bedient werden konnte, in der Nähe einer Straße in einem Graben gelegen und »russische Tanks wie Schattenmaschinen« auf der Chaussee hatte entlangfahren gesehen.

Die sieben Häute (Panzer) des Ritterkreuzträgers von Hünersdorff

Szene aus dem Kriegsjahr 1943

Am ersten Tag der Schlacht von Kursk hatte ihm ein Granatsplitter den Arm zerschmettert, den er auf den Turm seines Führungspanzers gelegt hatte. Hätte man den Verwundeten zum Truppenverbandsplatz gebracht, wäre er gerettet worden. Er aber wollte noch, dürftig verbunden, zwei Packriegel durchstoßen. Am frühen Nachmittag Kopfschuss. Die Getreuen bugsierten den Bewusstlosen in einem Fieseler Storch (einem Kleinflugzeug), eng in die Kabine gequetscht, zum Feldlazarett in Charkow. »Das zerschossene Gesicht war für Angehörige nicht wiederzuerkennen.«

Chefin des Feldlazaretts in Charkow war die Frau dieses Offiziers. Aus Berlin wurden Spezialisten eingeflogen. Stündlich ließ der Oberbefehlshaber der Heeresgruppe nachfragen. Nach einer Woche (und sechs Notoperationen) war der Traum seiner Truppe, Generalmajor von Hünersdorff, tot. Alle sieben Häute, die den Mann schützten, erwiesen sich als trügerisch. Die Haut (an den Schultern noch die Spuren eines Sonnenbrands von Anfang Juli, mit Lebertransalbe bestrichen) – und das lag in der Natur der Sache – war gegen Beschuss nicht gefeit. Eine zweite Haut war das Vertrauen ins Kriegsglück, das fesche Schiffchen auf dem Kopf, die Aura eines Mannes, »den keine Kugel treffen kann«. Das war keine Haut im engeren Sinn, sondern eine spezielle Form des Mutes: die Schnelligkeit, mit der er seine Positionen änderte. Immer war sein Panzer anders aufgestellt, als der Gegner meinte. Die dritte Haut war die Wachsamkeit seiner Kameraden, die ihr Idol liebten, es aus mancher Gefahr herausschossen: geteilter Mut, eine Cloud von Motiven. Dieser Kokon war noch intakt um vier Uhr früh, als sie die Motoren anwarfen.

Dann der neuartige Panzer mit Betonquadern auf dem Metall, eine von den Ingenieuren mitgegebene Schutzwand gegen feindliche Geschosse als vierte Haut. Der Wall an eingebauter Neuerfindung täuschte aber die Insassen insofern, als die russische Artillerie mittlerweile über neuartige rasante Munition verfügte, bis zu diesem Morgen unbekannt. Sie zerschnitt die Stahlwände der Panzerhaut, als wären sie »aus Schwamm«. Die innerste Haut, die ihn schützte, wenn alle anderen Häute versagten, war seine Zuversicht. Sie bestand – wie bei den Medusen – aus einem Körper ohne Kopf: ganz Vernetzung. Solche Zuversicht unterscheidet sich von Selbstgewissheit. Die Wochen der Angriffsverzögerung durch die Armeeführung, die Bruthitze am Tage, die nächtlichen Gewitter, also die Warterei, hatten diese Zuversicht zermürbt.

Eine weitere starke Haut, ähnlich der Hornhaut des gehürnten Siegfrieds, war der Rumor, der Hünersdorffs Panzertruppe vorauslief und bis dahin stets die Sinne des Gegners verwirrt hatte, quasi eine Tarnkappe: der Schrecken, die vorauseilende Ahnung, was mit Eisengewalt kommen würde, sobald die Panzer auf dem Hügel erschienen. Dieser Schutz war in der Schlacht von Kursk dahin, ohne dass die Kämpfer beider Seiten das am ersten Tag schon realisiert hätten. Die letzte Haut, in die von Hünersdorff sich hätte retten können, war die militärärztliche Kunst. Ein Jahr später (sie lernte rasant in diesem Krieg) wäre sie in der Lage gewesen, ein so zerstörtes Hirn wie das von Splittern durchbohrte des Generalmajors erfolgreich zusammenzukramen und – wenigstens zu einem Bruchteil – funktionsfähig zu erhalten. Wie ein ENGEL DIESER SIEBENTEN HAUT stand die junge Frau von Hünersdorff zu Häupten des Todeskandidaten. Somit verfügte ein Held wie dieser Mann über sieben Schutzhäute, von denen alle versagten: erstens die um sein Herz, zweitens die um seinen Körper, drittens die seiner Truppe, viertens die Eisenhaut des Panzers, fünftens die schnelle Reaktion (sie ist der Gegenpol der Panzerung, sie setzt sich der Gefahr offen aus und entgeht ihr durch Nichtachtung), sechstens die Fernwirkung, siebentens *conduire amour* (nie hatte die Chefin die Ärzte des Feldlazaretts etwas so angetrieben wie in der Stunde vor dem Tod ihres Geliebten).

Menschen sind für die Panzerung ihrer Herzen nicht geeignet

Der Arzt Asklepios, Sohn des Apoll – von Ovid zitiert –, rät von einer Panzerung des Herzens generell ab. Ein gepanzertes Herz erscheine zwar als »unerschütterlich« und somit für einen Stoiker attraktiv. Auch für Tyrannen, die sich vorsätzlich gegen Mitleid immunisieren wollen. Es sei aber an den Bewegungen dieses Muskels für den Arzt leicht festzustellen, dass ein »gerüstetes Herz« nicht pulsieren könne. Die Panzerung sei entweder zu fest oder zu lose. Außerdem unbrauchbar, so dieser Gottessohn, weil das Herz sich von Haut und Verstand durch das Eisen oder die Bronze isoliere. Nähme man aber ein weicheres Material, zum Beispiel ein Gewebe, wäre es kein Panzer.

Götterdämmerung für eine Panzerwaffe

Die russischen Panzer vom Typ T-34, Ahnherren der schweren russischen Panzer der Gegenwart, fuhren mit Diesel vom Don bis nach Berlin. Sie galten als schwer besiegbar und standen in Kontrast zu den westlichen Panzern: Benzinfahrzeugen, Nachfahren von Rennautos, alle raffinierter konstruiert als der T-34, aber weniger robust.

Im Irak-Krieg und im jüngsten Krieg zwischen Aserbaidschan und Armenien um die Republik Bergkarabach kam die Götterdämmerung der sowjetischen Waffensysteme. Die armenischen Truppen waren mit russischer gepanzerter Technologie ausgerüstet. Gegen türkische und israelische Kamikaze-Drohnen waren sie wehrlos.

Die neueste Utopie der Panzerung: THE ASSURED MUTUAL DETERRENCE – DIE NUKLEARE ABSCHRECKUNG

Ein Zeichner des Institute of Strategic Studies skizzierte die Abschreckung als Glocke, als eine Art Gewölbe, unter dem sich zum Beispiel die Städte der USA in Sicherheit befänden. Die Zeichnung diente der Unterfütterung der Argumente für eine nachdrückliche Erhöhung des Budgets für die Raketenstreitkräfte des Landes. In der Debatte über die Budgeterhöhung wurde jedoch eingewendet, dass es sich hier ja um keine richtige Panzerung, sondern lediglich um einen spirituellen Panzer handele. Dieser »gedachte Panzer«, so der führende Sachverständige der parlamentarischen Partei, die sich der Erhöhung widersetzte, funktioniere nur im Kopf des Gegners. Bilde dieser Kopf die Glocke, die der Zeichner vorgelegt habe, also die Gefahr für ihn selbst, nicht korrekt ab, so funktioniere die Panzerung nicht. Werde trotz der Drohung nuklear geschossen, so bleibe nur die Ausführung des Gegenschlags, das heißt keine Abwehr, sondern allein die Rächung der Tat. Als ob ein im Kampf Hingeschlachteter seinen Schlächter in der folgenden Nacht als Toter aufsuchen und ihn umbringen würde.

Tatsächlich gibt es einen Mythos, der von einem isländischen Helden berichtet, der nach dem auf die Schlacht (in der sein todbringendes Schwert gewütet hatte) folgenden Besäufnis mit einem Alkoholgehalt im Blut von 4,2 Promille einschlief und nicht wieder erwachte. Sein Gesicht noch im Tode hochrot. Das wurde dem von ihm am Tag zuvor jung erschlagenen Gegner, dessen früher Tod keinem gefiel, nachträglich gutgeschrieben.

Im Nachlass eines russischen Admirals ist ein Memorandum zu finden, in dem es heißt, dass, falls die russische Führung durch einen Enthauptungsschlag ausgelöscht und die russischen Abschusszentren für Raketen zu Lande zerstört wären, dennoch das letzte, in den Tiefen des Ozeans verborgene U-Boot einer geheimen Sonderklasse mit einer finalen Serie von nuklearen Raketen die wichtigsten Metropolen der USA zerstören werde. Wenn das aber im Hirn des Entscheiders über den Erstschlag nicht im rechten Moment präsent sei, helfe solches Endergebnis niemandem. Der Admiral rät in diesem Memorandum vom festen Glauben auf die *assured mutual deterrence* ab.

WÖRTER UND IHRE GEGENWÖRTER

Krieg / Antikrieg
Panzerung / Entpanzerung
Das gepanzerte Herz / Kein Gegenwort bekannt
Illusion der Panzerung / Der Panzer als brennender Sarg
Charakterpanzer / Gemüt, Einfühlung

STATION 3

Kaukasische und ukrainische Geschichten / »Das Staunen der Tiere«

**DEUTSCHE SOLDATEN
IM HERBST 1942 IM KAUKASUS.
BIS ZUM HÖCHSTEN GIPFEL
DES KAUKASUS, DEM ELBRUS,
SIND ES 42,5 KILOMETER**

Die Soldaten wissen nicht, warum sie hier, an so entferntem Ort, kämpfen sollen.

Der Offizier und Dichter Ernst Jünger wurde von der Militärführung in Frankreich auf eine Lesereise zur Heeresgruppe A in den Kaukasus entsandt. Sein KAUKASISCHES TAGEBUCH beginnt mit dem 24. Oktober 1942. Als privilegierter Beobachter, nämlich mit Zugang zu allen Generalstabsoffizieren und zu den geheimen Karten der Militärführung, war Ernst Jünger Zeuge der Krise des deutschen Heeres an der Ostfront. Die Krise führte im November zur Einkesselung der Sechsten Armee in Stalingrad.

Ein einsamer POETISCHER CHRONIST mit privilegiertem Blick auf die Krise der deutschen Heere im Dezember 1942

Beschützer des Dichters und Hauptmanns Ernst Jünger, der im Stabe des Militärbefehlshabers West in Paris seinen Dienst tat, hielten es im Herbst 1942 für gut, ihren Schützling auf eine Dienstreise zur Heeresgruppe A in den Kaukasus zu schicken. Er sollte so der Einvernahme durch Verhörspezialisten des NS-Regimes entzogen werden. Es war bekannt, dass Ernst Jünger in unvorsichtiger Weise in Kreisen ehemaliger Reichswehroffiziere aufgetreten war, die in Opposition zur NATIONALSOZIALISTISCHEN REVOLUTION standen.

Weit im Osten, inmitten des Kaukasusgebirges, sollte Jünger in den dortigen militärischen Stäben Vorträge und Lesungen halten. Das schien den Protektoren Jüngers, alles hochrangige Offiziere, weit genug entfernt. Die Anreise mit Flugzeug und Bahn – in Etappen – dauerte Wochen. Angekommen im Einsatzgebiet, zunächst im Vorgebirge, dann schon in der Nähe der Pässe, die über den Kaukasus nach Süden führen, traf Ernst Jünger auf eine *aktuelle Welt*, ein Frontgeschehen, das ihn veranlasste, das mitgebrachte vierhundertseitige Manuskript – er hatte sich die Dienstreise wie einen Ferienaufenthalt vorgestellt und wollte an seinem Manuskript, dem Roman der Wanderung eines einsamen Denkers in der Lüneburger Heide in Richtung Nordsee, »dem Denkroman eines Einsamen«, weiterarbeiten – in Packpapier einzufalten und es fest mit Gummibändern zu verschnüren. Das, was ihn hier umgab an der Kaukasusfront, war der Ernstfall: kein Raum, kein passender Zeitpunkt für einen »Denkroman«.

Die Worte »Front« und »Krieg im Kaukasus« sind, ebenso wie das Wort »Ostfront«, Phrasen, Worthülsen. Die Realität davon erlebt jemand, wenn er sich tatsächlich in Schussweite des Feindes befindet. Dort existiert aber nirgends Übersicht. Die Sinne wühlen, der Verstand sucht, findet aber den Horizont nicht.

Ganz anders funktioniert der Blick im Befehlsstand eines höheren Kommandos. Dieser Blick richtet sich auf Karten, auf denen der Überblick im Maßstab 1:300 000 frisch eingezeichnet ist. Sieben- bis zwölfmal am Tag, vor allem aber in den Abend- und Nachtstunden, wenn die Meldungen des Tages eintrafen, verfolgte Ernst Jünger hier das Bild eines in diesen Wochen im Scheitern begriffenen Vorstoßes der deutschen Ostfront. Vom Hauptquartier der Heeresgruppe A im Kaukasus aus waren die Ereignisse bei der benachbarten Heeresgruppe B tausend Kilometer weiter nördlich gut zu verfolgen. Diese Heeresgruppe B befehligte die Sechste Armee, die in Stalingrad auf ihre Einkesselung zusteuerte. Die wirre Meldungslage beförderte in den Stäben der betroffenen Heeresgruppe B alles andere als Übersicht. Die gleichen Meldungen, die in den Stäben der Heeresgruppe A mitverfolgt wurden, trafen dort, da die Ereignisse diese Stäbe nicht betrafen, auf ruhige Geister. Man hat also, so notierte Ernst Jünger in seinem *Kaukasischen Tagebuch*, von dieser

SEITENLOGE aus einen Blick auf das KRIEGSTHEATER, wie man ihn in einem Theater nirgends hat.

Schon drei Wochen später deutete sich im Norden zwischen dem Don und der Sechsten Armee in Stalingrad an der Wolga jene Katastrophe an, die legendär wurde. Ernst Jünger als einziger poetischer Zeuge hat die Nervosität der Anrufe, die Schwankungsbreite in den Berichten in seinem Tagebuch festgehalten. Die Nächte hier im Kaukasus, die auf die Einschließung der Sechsten Armee im Kessel von Stalingrad folgten, waren sämtlich Regennächte. Starkregen vom Schwarzen Meer her. Ganz anders als das sibirische Hochdruckwetter bei Stalingrad. Halb im Wachen, halb im Schlaf hatte der Dichter den Eindruck, dass der Gebirgskoloss, auf dessen halber Höhe die Fronten zwischen den russischen und den deutschen Truppen erstarrt waren, sich unmerklich bewegte. Die Gebirgskette, ein PFROPF zwischen Kaspischem und Schwarzem Meer, bewegte sich unmerklich, »als wolle die Erde die fremden Eindringlinge abschütteln«. Von diesem Halbtraum teilte Ernst Jünger aber den Offizierskameraden in den hohen Stäben nichts mit. Jünger las aus seinen *Marmorklippen*.

Es mochte wohl sein, dass die Bilder im Halbschlaf den Dichter täuschten: Dass sich nicht die BERGZÜGE, die Täler und Gipfel, exzessiv langsam bewegten. Vielmehr war für Jünger der Eindruck entstanden, dass sich über viele Jahrhunderte hinweg, ja seit mehr als tausend Jahren Völkerschaften, SCHWÄRME VON SEHNSÜCHTIG WANDERNDEN, durch die Täler und über die Pässe bewegt hätten. Immer aber von Süden kommend und nach Norden strebend. Fast nie in der Richtung, in der zwei deutsche Panzerarmeen und ein Gebirgskorps jetzt, von Nordwesten eindrehend, nach Süden vorandrängten. Auf den Karten sah das so aus, als bewegten sich die Pfeile, die doch Fahrzeuge und »Arbeiter in Uniform« bezeichneten, über die Gebirgsgrate durch Georgien in Richtung Persien. Offiziere der geheimdienstlichen Abteilung im Generalstab der Heeresgruppe, der Abteilung 1C, hatten Jünger nach dem Abendessen mit der Planung im Ohr gelegen, die arabische Halbinsel »schlagartig« zu besetzen. Mit dem Kaukasus habe man, sagten sie – ein ausgezeichneter Burgunder wurde gereicht – nichts im Sinn. Das sei Karst, Felsgestein, rutschiger Matsch, und bald werde er von Eis und Schnee bedeckt sein. Im Süden aber warte die Sonne Persiens.

Eine Expertenkommission von Erdöl-Ingenieuren, Bohrturm-Architekten, Röhrenbau- und Transportspezialisten sei im eroberten Stawropol bereits in einem zum Hotel umfunktionierten Kollektivbau einquartiert. Jetzt, sagte der Oberstleutnant, der die 1C-Abteilung führte, spielen sie noch Skat. In einigen Wochen – hoffentlich! – werden sie in Hektik verfallen, bauen und konstruieren müssen, und wir sind weit unten und fahren Richtung Persischer Golf.

Dem Dichter, der als POETISCHER NOTAR zuhörte, blieben Zweifel, »was Europa hier so weit im Osten will«.

Jünger und einigen der in der Operationsabteilung tätigen Generalstabsoffiziere, die nicht von den riesigen blauen Pfeilen auf den Generalstabskarten ausgingen – Blau bezeichnet die Vorstöße der deutschen Truppen –, sondern von den rot eingezeichneten Gegenstößen der Russen, schienen diese Wochen im November 1942 kein geeigneter Zeitpunkt, um Pläne zu schmieden und Hoffnungen zu nähren. Besser wäre es, dachten sie, sagten es aber nicht, wenn wir die Rückzugsstraßen erkundeten und instand setzen würden.

Leuchtfeuer im Osten / Austrian-Hungarian-Military-Line bis Astrachan

Am 20. März 1918 eröffneten Offiziere der k. u. k. österreichisch-ungarischen Luftstreitkräfte eine Fluglinie von Wien über Lemberg, Odessa bis Charkow, Tiflis und Astrachan.

Die Militärverwaltung hatte einen Fehler gemacht. Mitten im Krieg hatte sie Privatinitiative zugelassen. Alle Reparaturkolonnen, alles Seelenleben der Aviatoren, alle Requisiten zur Reparatur der Flugzeuge konzentrierten sich auf die Zivillinie. Flugpreise für Fracht und Personen blieben niedrig. Dieser Partikel, diese Robinson-Insel der Friedenswirtschaft, konkurrierte mit dem Kriegskapitalismus auf entschiedene Weise. Die private Fluglinie machte Spaß. Achtzehn Piloten starben. »Und setzest du nicht das Leben ein, so wird es dir nicht gewonnen sein« bezog sich auf die Perspektive, dass eine Gruppe von Offizieren und ihnen anvertrauten Mannschaften sich hier für die Nachkriegszeit eine Zivilflug-Ostlinie erobern wollte, und vielleicht ein neues Vaterland.

- Am Ende einer »unendlichen Anstrengung« gibt es stets eine Fortsetzung des Krieges mit anderen Mitteln?
- Wie die »Blüte vor dem Tod«.
- Man müsste also im Zeitraum des Kriegsendes 1918 oder 1945 (oder am Ende des Golfkriegs) nach unternehmerischen Figuren fahnden und deren Perspektiven in Friedenszeiten wiederaufgreifen?
- Es gibt eine Art Augenblick der Wahrheit »im Nachschreck und im Vorschreck der Katastrophe«.
- Warum ist die Fluglinie Wien–Lemberg–Odessa–Charkow–Tiflis–Astrachan nie Wirklichkeit geworden? Sie bezeichnet doch eine revolutionäre Linienführung in Europa, die Phantasien auslöst?

– Merkwürdig. Es gibt Schallplatten des Tangokönigs Leschtschenko, die sich auf dieser Linie verbreiteten. Die »Platten« wurden aufs Material alter Röntgenaufnahmen (»Rippen«) gepresst.
– Den Klang beeinträchtigte das nicht?
– Im Gegenteil. Derart gepresste Rippen oder Platten – man muss sie nur rund schneiden – bewahren die unsterblichen Tangoklänge Leschtschenkos für immer und ewig. Praktisch unzerstörbares Material.
– Aus der Not geboren?
– Es gab nichts anderes.

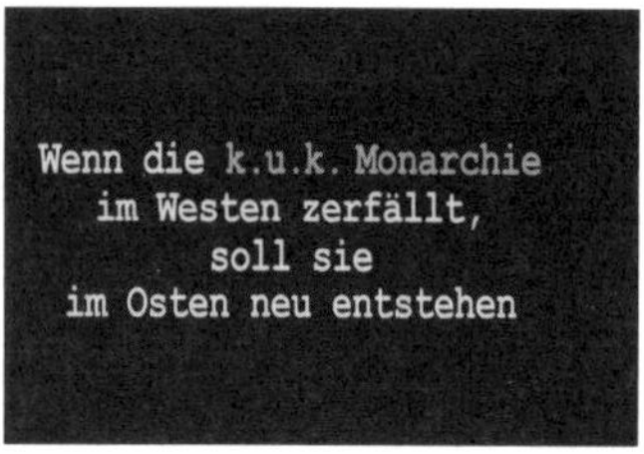

Warum gelang es 1918 nicht, die k.u.k. Monarchie um tausend Kilometer nach Osten zu versetzen?

– Hätte die Luftlinie von Wien bis Astrachan die Chance ergeben, die in der Regierung eines Vielvölkerstaats erfahrene Administration Österreich-Ungarns im bereits eroberten Osten neu zu errichten?
– Möglich.
– Hätte die Luftlinie wie in Astrachan dafür den Zündfunken liefern können?
– Denkbar.
– Warum gelang das nicht? Wegen des Winters? Wegen der Stürme?
– Nein. Die Piloten lehnten die finanzielle Rettung des Unternehmens durch einen Amerikaner ab.
– Aus welchen Gründen?
– Aus Hochmut. Ich glaube, dass sie die Qualität des Bieters nicht bemerkten.
– Also nicht einmal aus rassistischen Gründen?
– Aus unbewusst rassistischen Gründen. Sie hielten den Bieter aus New York nicht für vornehm genug.
– Und hatten doch keinen Grund, auf Vornehmheit zu pochen.
– Hatten sie nicht. Aber der Bieter aus New York, der die Fluglinie übernommen hätte, hieß Chaim Dryer und stammte aus Lemberg, von wo aus er nach New York entkommen war.
– Und die Leutnants und Hauptleute mit militärischer Fluglizenz hielten den Mann für ungeeignet, ihr Vorgesetzter zu sein?
– Voller Hochmut.
– Was wäre das Kapital gewesen? Hätte die Chance der Weiterführung bestanden?

– Unbedingt. Das Kapital betrug 500 000 Dollar.
– Die Flieger glaubten, sie könnten ohne Geld, aber mit der Macht vergangener Jahre die Fluglinie halten?
– Mit Leidenschaft wollten sie sie halten.
– Ohne Leidenschaft hätten sie das Angebot näher angeschaut?
– Unbedingt hätten sie es annehmen sollen.
– Dann hätte es eine Fluglinie Budapest–Wien–Lemberg–Odessa–Tiflis–Astrachan (und vielleicht im Kreis über Smolensk wieder zurück) gegeben?
– Mitsamt den Republiken, die sich entlang einer Fluglinie gründen lassen. Ein Mitteleuropa. Eine Fortsetzung der k. u. k. Monarchie nach Osten.
– Österreich wäre Republik geworden, deutschsprachig. Die Monarchie wäre mit Hilfe der Aeroplane nach Osten ausgewichen?
– Mitsamt Erzherzögen.
– Das wäre ein wertvolles Gut gewesen?
– Bezahlt von Chaim Dryer.
– Und was interessierte den?
– Heimatliebe.
– Kein Kapitalinteresse?
– Was schadet es der Heimatliebe, wenn sie mit Kapitalinteresse verbunden ist?

Verweigerte Unterschrift unter einen Diktatfrieden

Dies hier sei kein Friedensvertrag, den er je unterschreiben werde. Das sagte Leo Trotzki, der Verhandlungsführer der russischen Delegation. Was ihm hier in Brest-Litowsk vorgelegt werde, sei ein Diktatfrieden. Am Vortag war zur Überraschung der sowjetischen Delegation zwischen dem Deutschen Reich, Österreich-Ungarn und der Regierung der Ukraine der sogenannte »Brotfrieden« abgeschlossen worden. Die sowjetische Delegation sah das als eine Brüskierung an. Den Krieg weiterzuführen komme für die russische Seite nicht in Betracht, fuhr Trotzki fort. Das, was ihm vorgelegt werde, als Friedenstraktat zu unterschreiben, weigere er sich. KEIN FRIEDEN, KEIN KRIEG: ABREISE.

Seine eigenen Worte hatten diesen Verhandler in Schwung versetzt. Er hielt seine Ansprache für gelungen. Niemand in der verblüfften Versammlung antwortete ihm. Im weiteren Verlauf zeigt sich, dass sich die deutsche Seite vom Abbruch der Verhandlungen unberührt zeigte. Am 19. Februar, neun Tage nach Abreise der russischen Delegation, antwortete die deutsche OBERSTE HEERESLEITUNG mit der »Operation Faustschlag«.

**OPERATION FAUSTSCHLAG!
EISENBAHNEN
TRANSPORTIEREN SOLDATEN AUS
WUPPERTAL UND HESSEN,
»WESTLER«, BIS IN DEN
KAUKASUS**

Blitzkrieg auf Schienen

Eine »merkwürdige Kriegsführung« nannte Oberst im Generalstab Hase den Verlauf der »Operation Faustschlag«.

– Wir setzten eine Kanone, ein Maschinengewehrnest und eine Gruppe Infanteristen auf Eisenbahnwaggons, fuhren bis zur nächsten von Russen besetzten Station, verhafteten dort das sowjetische Personal, schickten die Gefangenen mit einem zweiten Zug nach hinten und fuhren mit dem Kanonenzug weiter bis zur nächsten Station.
– Die Kanone war wo?
– Auf einem Flachwaggon. Davor ein weiterer Flachwaggon, falls der Zug auf eine Mine träfe.
– Und die Maschinengewehre?
– Eines vor dem Geschützrohr, also vorn, das zweite auf einem Holzgerüst über dem Kohlentender. Das dritte am Ende des Zuges. Flachwaggon plus Flachwaggon plus Lokomotive plus Kohlentender plus Personenwagen dritter Klasse plus Schlusswaggon.

Versorgung des Leibes

Eine »Expertin« aus Posen ist der deutschen Truppe vorausgeeilt. Die lizenzierte »Inhaberin eines Puffs« richtet ein Etablissement in Tiflis ein »für die abendliche Unterhaltung der Offiziere ab Oberleutnant aufwärts«. Zwölf Mädchen folgen mit einem der nächsten Transporte. Weitere Spezialkräfte müssen aus den Landen rekrutiert werden. Koffer mit Kostümen, da die »erotische Versorgung der Truppe in der Fremde« verbunden ist mit quasi theatralischen Vorführungen, einem Stück »Kultur und Unterhaltung«. Die im Rheinland geborene Expertin führt die erste Auswahlsitzung des vor Ort neuzugewinnenden Personals noch am Tag ihrer Ankunft durch.

Die Front dehnt sich im Osten aus, weit über das Telegraphennetz hinaus

Nachrichten vom 8. August 1918, dem SCHWARZEN TAG DES DEUTSCHEN HEERES IM WESTEN, erreichen die Außenposten des Reiches im Kaukasus über Telegraphie. AM ÜBERNÄCHSTEN TAG. Für die in KABUL stationierte bayerische Reiterschwadron dagegen braucht die Nachricht von der verheerenden Niederlage im Westen zwei Wochen. Über weite Strecken sind über PERSIEN und AFGHANISTAN keine telegraphischen Leitungen vorhanden. Es ist ein Wunder, dass die Nachricht dennoch die Ziele im Osten erreicht.

Deutsche Soldaten aus dem Ruhrgebiet – »Arbeiter in Uniform«.
Soeben angekommen in Tiflis im August 1918.

STRASSENBILDER IN DER UKRAINE 2022

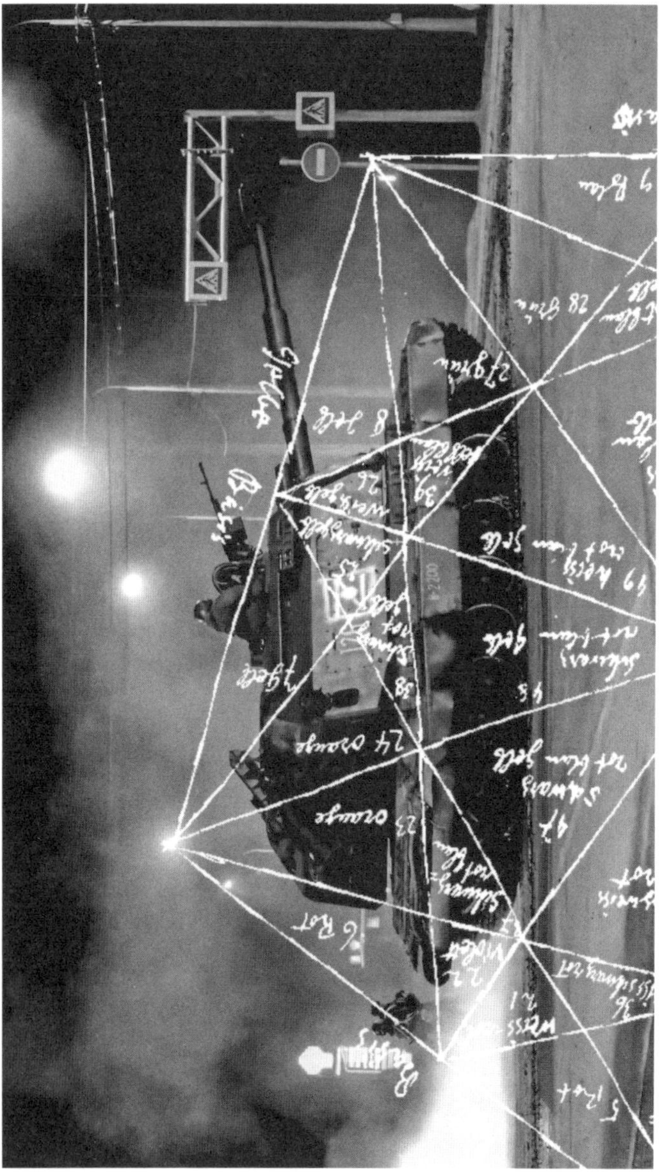

Zwei Seiten eines *glücklichen* Ausgangs

Aus der frühen Zeit des Ukraine-Krieges gibt es den Bericht, dass Bewohner einer Ortschaft, darunter Jugendliche und Kinder, einen russischen Panzer aufgehalten hätten. Der Panzerfahrer habe nach einer Zeit des Zögerns den Rückwärtsgang eingelegt, und der Panzer sei aus der Ortschaft zurückgerollt.

Dies ist eine Wandergeschichte. Sie wird schon vom Ungarnaufstand im Jahr 1956 erzählt. Während des Putsches in Moskau 1991 hat sich die Szene tatsächlich mehrfach ereignet und führte zum Abzug von mehreren Panzerdivisionen aus der Stadt. Auf dem Platz des Himmlischen Friedens in Peking endete die gleiche Konfrontation in einem Massaker.

Der Bericht im Falle der Ukraine betonte die Tapferkeit der Zivilisten, die sich dem Panzer entgegenstellten. Es gehören aber, damit die Begegnung glücklich ausgeht, immer zwei Seiten dazu: die Entschlossenheit der Anwohner, aber auch die des jungen Panzerfahrers, vielleicht ein Soldat von 18 Jahren, der den Rückwärtsgang einlegte.

Wie schön, einander nach fünfzig Jahren lebend zu begegnen, wenn man doch hätte in eine tödliche Konfrontation geraten können

Sergej Gorbatschow besuchte bei seinem Aufenthalt in Deutschland Bayreuth. Nach Ende der Wagner-Oper traf er dort den Zeichner Loriot. Sie saßen bei einem Wein zusammen. Das Gespräch kam darauf, dass Gorbatschow als Junge von elf Jahren im Jahr 1942 in Stawropol (in der Nähe des Kaukasus) deutsche Panzer beobachtet hatte. Er habe mit anderen Jugendlichen beraten, ob man sie aufhalten könne. Loriot erwiderte, er sei im selben Jahr 1942 als Kommandeur einer Kompanie von Panzergrenadieren in gepanzerten Fahrzeugen in Stawropol gewesen. Eine »nahe Gefahrenbegegnung«. Ein gutes Gefühl nach fünfzig Jahren, dass nichts passierte.

Gorbatschow und Loriot in Bayreuth. 08:19

Putin und Macron

Das Staunen der Tiere

Im Lieblingskinderbuch von Walter Benjamin, *Bertuchs Bilderbuch für Kinder* von 1807 – das Benjamin als Erwachsener in zwölf Bänden nochmals kaufte –, sind TIERE dargestellt.

Es sind Abbilder aus ferner Zeit, Drucke aus jenen Jahren, als Caspar David Friedrich seine Bilder malte. In die aktuelle Szenerie des ATAVISTISCHEN KRIEGES in der Ukraine versetzt, staunen diese Tiere. Photographie bildet die Realität nicht vollständig ab: Es fehlen die menschlichen Wünsche. »Sind sie selbstbewusst, haben sie Tiergestalt.« (Derrida)

Filmstill aus »Das Staunen der Tiere. Trauer der Kreatur«. Druck auf Holz, 42 × 28 cm. 2022.

Die Schlange aus Bertuchs *Bilderbuch für Kinder* von 1807 kommt offenkundig aus einer anderen Zeit und einer anderen Lebenswelt als der »von einer Rakete getroffene Häuserblock in der Ukraine«. Das Tier und das aktuelle Bild ergeben einen Kontrast. Das ist ein Beispiel für eine »Zeitperspektive« im Bild. Eine solche »Erzählperspektive« könnte man allein mit einem Text vermutlich nicht darstellen.

Das Staunen der Tiere / Das Trauern der Kreatur. Filmtriptychon. Mit Trauermarsch aus *Emma und Eginhard*, Oper von Georg Philipp Telemann. 02:34

Was sind Backsteine beim Bau einer Nation?

Seit dem zweiten Maidan, dem Europa-Maidan von 2014, bin ich in der Republik Ukraine als Erwachsenenbildner tätig. Wir Lehrer und Publizisten gehören zur Elite unseres seit 1991 unabhängigen Landes. Ich bin beschäftigt damit, die Identität unseres Landes im Herzen unserer Einwohner zu befestigen. Dazu gehört es, Umriss, Geschichte und Selbstbewusstsein, ja den Sinn unserer Nation im Weltmaßstab erzählerisch festzuhalten. Viel Erzählkunst ist nachzuholen. Die Ausbildung der Truppe an modernen Waffen ist leichtes Spiel, gemessen an der Ausrüstung eines soliden Nationalgefühls. Die Gelände unseres Staatswesens erstrecken sich über weit auseinanderliegende, geschichtlich für lange Zeit unverbundene Gebiete.

Die Flüsse, die stets von Nord nach Süd das Land durchziehen, zerschneiden die Besuchsverhältnisse, die Näheverhältnisse. Besser wäre es, wir hätten quer laufende, von West nach Ost wandernde Ströme, die – wie die Donau – Landflächen miteinander verbinden würden. Es kommt hinzu, dass die Sowjetunion sich am Ende des Zweiten Weltkrieges an ehemals rumänischen, ehemals polnischen und an vor 1914 österreichisch-ungarischen Geländen überfressen hat. Einige dieser »imperialen Erwerbungen« waren nie russisch, auch nicht ukrainisch, und das mindert den Stoff der Eintracht in der Gesamtrepublik.

Eine geographische Besonderheit der Ukraine, die wir Erwachsenenbildner stärker herausstellen sollten

Zweimal im Jahr erhebt sich das Schwarze Meer. Ein Stück Oberfläche des Meeres verwandelt sich alle halbe Jahre in eine heftig nach Norden strömende regnerische Wolkenbrücke. Das ist die Rasputiza, sechs Wochen im Frühjahr und sechs Wochen im Herbst. Quasi regnet eine ganze Schicht der weiten Wasseroberfläche auf das Land und besorgt so die Fruchtbarkeit der Ukraine, ähnlich wie die Nilflut in der Antike die Fruchtbarkeit des Reiches der Pharaonen, Ägyptens, gewährleistete.

Rechnet man die Monate und Tage fürs Säen, Ernten, Lagern und Warten an Ort und Stelle, die Erwartung, dass die Fruchtbarkeit wiederkehre, erkennt man, dass für Republikgründung und das Herstellen von Öffentlichkeit – die Agrarflächen des Gemeinwesens – außer in den großen Städten wenig Zeit übrig ist. Zwischen der GROSSEN NÄSSE, dem Wachsen des Weizens und der Ernte, liegt eine unübersehbare Folge von Terminen, von Einzelschritten, denen die Zeit einen raschen Taktschlag vorgibt. Das ist das Gesetz, dem auch wir Publizisten und Lehrer, die Ackerbauern der »zweiten Natur«, folgen.

Physik der »soldatischen Verlässlichkeit«

Wir sind ein amerikanisches Sicherheitsunternehmen. Aber nicht alle von uns sind US-Bürger. Man kann uns anmieten. Ist aber der Auftrag erteilt, könnte uns keine Macht der Welt mehr abwerben. Kein Auftraggeber schüttelt uns ab. Um uns vorzeitig loszuwerden, müsste man uns erschießen. Ist der

Auftrag erledigt, sind wir allerdings wie vom Boden verschwunden. Niemand von uns würde je das im Verlauf einer »Arbeit« erworbene Wissen an eine Gegenorganisation verraten. Das Wissen liegt wohlverwahrt in unserer Brust. Was aber Brust heißt, verrate ich nicht. Es ist ein Stück in mir, das abgelöst von Kopf und Körper existiert. Es ist aus der SCHWÄCHE DES MENSCHENGESCHLECHTS ausgewandert. Gerate ich in die Fänge einer Gegenorganisation und diese versucht, mein Wissen aus mir herauszufoltern, so ist in meiner Seele, die Schmerz empfindet, nichts davon zu finden. Das Wissen ist verwahrt in meiner Zweitseele.

Rekrutiert für den westlichen Geheimdienst, für den ich derzeit in der Ukraine im Einsatz bin, wurde ich am Nikolaustag 1989. Ich war als Agent und Dserschinski-Patriot der DDR eingeschleust auf dem sowjetischen Dampfer *Maxim Groki*. Wir lagen vor Malta im Wintersturm. Die Möbel im Salon, wo die Verhandlungen stattfanden, rückten auf dem Boden hin und her. Mancher Porzellangegenstand fiel von den Konsolen und zersplitterte. Mein Auftrag bestand darin, die Brudernation zu bespitzeln.

Ursprünglich wurde ich angeworben von einer Firma mit Sitz in Cincinnati. Der Anwerber behauptete, meine exzellente Arbeit bereits seit Monaten verfolgt zu haben. Er war ein Rosinenpicker aus der Konkursmasse des zusammenbrechenden Ostblocks. Es hätte genausogut geschehen können, dass ich in die Reihen der Genossen des KGB eingerückt wäre. Ich hätte das sogar vorgezogen, weil meine Ausbildung für diesen Dienst besser gepasst hätte.

Wie erkundet man Heimatadresse und Truppenteil, wenn russische Einzeltäter in Raubaktionen verwickelt sind?

Die Soldaten in den russischen Panzerbataillonen sind sehr jung. Die Führung kann sie am Abend nach enttäuschendem Gefechtsschluss nicht davon abhalten, private Beute zu machen. In den Anhängern ihrer Fahrzeuge schleppen sie Möbel, Teppiche, Wertsachen aller Art mit sich. Es gelingt ihnen, das Zeug in für den Postversand geeignete Großpakete zu packen. Verschnürt und auf Lastfahrzeugen wird die Beute nach Weißrussland auf Transport gebracht. Von dort wird das Sachgut per Post in die Heimatorte der Soldaten verschickt. Erkunden wir diesen Postversand, erfahren wir Namen, Heimatadresse und Rekrutierungsort und somit die Herkunft der räuberischen Verbände. Haben wir die Namen der Täter und die von deren Vorgesetzten, füttern wir unsere Informationskanonen mit dem, was die Nachrichten im Sinne des *ius in bello*, also als Kriegsverbrechen, relevant macht: die genaue Zurechnung der Straftaten, gleichzeitig zu Einzeltätern und zu militärischen Einheiten. Wie ich schon immer sagte: Information taugt als Explosivgeschoss besser als jede Artilleriemunition.

Wie sehr uns im Jahre 2022 Temperamente wie Präsident George Bush sen. und Präsident Gorbatschow fehlen / Meine Eindrücke von der Herstellung einer Sicherheitsarchitektur am 6. Dezember 1989 im Wintersturm vor Malta

Am Nikolaustag, dem 6. Dezember 1989, verhandelten auf dem sowjetischen Dampfschiff *Maxim Gorki* der US-Präsident Bush sen. und der sowjetische Staatspräsident Gorbatschow ein letztes Mal über die SICHERHEITSSTRUKTUR IN EUROPA. Das geschah angesichts der lebhaften Veränderungen in der DDR. Um das Schiff herum wüste Wasser. Räume des Schiffs waren überflutet.

Für acht Stunden war ich an diesem Tage DREIFACH-AGENT (*triple agent*). Entsandt war ich als getreuer Kundschafter der DDR (»des Volkes«). Die Genossen vom KGB, in deren Reihen ich wachte, hielten mich für einen der Ihren. Dies war zugleich die Zeit, in der ich vom westlichen Gegnerdienst rekrutiert wurde. Tags darauf war ich definitiv und ohne »Doppelrolle« ein WESTLER.

Wir Sicherheitsleute, meist als Kellner eingeteilt, hörten manchen Gesprächsfetzen aus der Verhandlung, die wegen der heftigen Schaukelei des Schiffes nicht formell an gedeckten Tischen durchgeführt wurde. Es war Beunruhigung im Schwange. Wie leicht hätten im Umkreis der Hauptstadt der DDR ein Kader der Nationalen Volksarmee und eine verschwörerische Gruppe russischer Offiziere in der Westgruppe der Roten Armee miteinander in Kooperation treten können! Ähnlich wie es zwei Jahre später beim Putsch in Moskau geschah. Wie wenig Sabotage, Diversion und Einsatz von Waffengewalt wäre an jenem Tage nötig gewesen, um ein Massaker ähnlich dem auf dem Tian'anmen-Platz in Peking auszulösen! Es gibt an historischen Tagen, die für alle überraschend sind, keine Sicherheit in der Welt. Rund um das Schiff die Turbulenzen. Und in den Salons GENEROSITÄT. Das Wort »zuvorkommend« hat im Russischen, im Amerikanischen und im Deutschen eine etwas verschiedene Bedeutung: drei verschiedene »Masken eines Wortes«, die aber zu dritt eine Haltung bezeichnen, bei der sich der eine Verhandler den Kopf des anderen zerbricht und mögliche – aus der Raschheit der Ereignisse folgende – Irrtümer vermeiden hilft. Für einige Stunden schien es, dass hier nicht zwei gegnerische Großmächte miteinander rangen, sondern Bauleute tätig waren, die ein vom Orkan beschädigtes Haus fachmännisch reparierten.

Wie Botschafter Holbrooke, der verstorbene Sonderbotschafter der USA im Balkankrieg und in Afghanistan, als Geist noch einmal auflebte

Zwei Geheimdienstprofis, ein englischer und ein deutscher, tauschten sich nach einer Schulungstagung der NATO bei einem Absacker in der Bar des Brüsseler Hotels miteinander aus über einen – von ihren Geheimdiensten beobachteten – Verhandler im Orient, der sich auf einer offensichtlich privaten Forschungsmission bewegte, um Verständigungsmöglichkeiten zwischen Russland und der Ukraine zu sondieren. In den Beobachtungsprotokollen galt für ihn das Code-Wort »Der Doktorand«. Es handelte sich um einen jungen Mann von 29 Jahren, der zwischen Alexandria, Tel Aviv und Istanbul hin und her reiste. Zu Schiff und per Flugzeug. Vermutlich bezahlt von einer Stiftung in den USA.

- Er arbeitet mit einem abwegigen Verhandlungsvorschlag.
- Der Doktorand?
- Genau.
- Die Gesprächskette verläuft zwischen einem Schwarzhändler in Alexandria, zwei Oligarchen in London und deren Vertretern in Istanbul sowie einer Firma in Tel Aviv. Nach den weiteren Kontakten fahnden wir noch.
- Von den Oligarchen gehört einer zur Ukraine und einer nach Russland?

- Ja, aber beide residieren in London. In ihren Ländern verfügen sie über ein Lobbynetz. Im Fall des Russen sollen die Mauern des Kreml durchlässig sein.

Die beiden Geheimnisträger, die jetzt ihren zweiten Absacker bestellten, waren stolz darauf, aus dem Klatsch, der alles Geheimdienstwissen begleitet, die Herkunft des sogenannten »Doktoranden« herausgehört zu haben. Der offenbar versierte und ehrgeizige »Unterhändler ohne Auftrag« war noblen Ursprungs.

- Dieser Junge, der hier offensichtlich querläuft, soll ein unehelicher Sohn des Botschafters Holbrooke sein. Aus der Verbindung mit einer Serbin.
- Ist das sicher?
- Oder eine Legende, weil keiner aus dieser Aktion schlau wird?
- Die serbische Affäre gleich zu Beginn der postjugoslawischen Kriege 1991 ist bestätigt. Der Junge ist in den USA aufgewachsen und wurde in Harvard ausgebildet.

Der geheimnisvolle »Traktat« des *Doktoranden*, in dem dieser seine unrealistischen Verhandlungsziele zusammengefasst hatte ...

- Sie haben hier in Ihrer Akte einen Traktat?
- Ja, ein leidenschaftliches Plädoyer für Tunnelbau weit unterhalb der kriegerischen Fronten. Ohne viel Rücksicht auf Realismus.
- Der junge Mann stützt sich auf eine These von Henry Kissinger. Kissinger hat diese These entwickelt, indem er das Ende des Jom-Kippur-Krieges beschrieb.

- Der ägyptische Präsident Sadat durchbricht die kleinteilige Debatte der Generalstäbe Israels und Ägyptens über einzelne Bunkerlinien, der Zahl und Positionierung nach genau festgelegt, und zwar an beiden Ufern des Suezkanals, mit einem generösen Federstrich. Damit hat Sadat Kissinger verblüfft. In der Mitte der Sinai-Halbinsel wird eine Linie gezogen, die Israels Sicherheitsinteresse dauerhaft befriedigt.
- Lösung für eine »Verknäuelung«.

Der deutsche Geheimdienstler hatte in seiner Jugend noch Schulungen des Staatssicherheitsdienstes besucht. Er gehörte zu den seltenen Übernahmen eines Diensttuenden mit DDR-Schulung in die Dienste der Bundesrepublik. Er verwendete deshalb zur Beschreibung der »Verknäuelung«, die dem Friedensschluss im Jom-Kippur-Krieg vorausging, die altmodische Bezeichnung DIALEKTISCH. Sein britischer Kollege hielt das für ein Wort, das selbst einer Entknäuelung bedürfe. Auf diesen »Witz« hin bestellten die beiden, die an diesem Abend einander nähergekommen waren, einen dritten Absacker.

Was heißt VERKNÄUELUNG?

- Was meinten Sie vorhin mit VERKNÄUELUNG?
- Einen Knoten.
- Sie meinen eine VERHAKUNG?
- Ich meine etwas, das derzeit nicht entwirrbar ist. Für keine der beiden Seiten. Wobei egal ist, ob die eine Partei entwirren will und die andere nicht.

Stichwort »Dreiecksbeziehungen als Gleichgewichtsmodell« im sogenannten »Traktat«

In den Abhörprotokollen der Kontakte des jungen Mannes ging es um Projekte wie den Wiederaufbau von Mariupol. Alles sollte finanziert werden aus einem Milliardenfonds, der aus amerikanischen, russischen sowie aus Mitteln der EU zusammengesetzt wäre. EIN NEUES CASABLANCA. Der Wiederaufbau sollte sofort, ungeachtet der Bombardements, in Angriff genommen werden. Das sei doch aber ganz unrealistisch, kommentierte der englische Geheimdienstler die betreffende Stelle im *Traktat*. Es sei »außerhalb jeder Realität«, aber ein phantasiemächtiges Bild, antwortete der Deutsche.

Das Projekt stünde im Zusammenhang mit einem weiteren Freihandelsabkommen, einem dem Mariupol- entsprechenden Kaliningrad-Projekt. Diese einsame und verbittert im Norden dahinlebende Zone – immerhin Geburts- und Todesort Immanuel Kants – benötige nämlich ebenfalls einen Marshallplan und Befreiung von der erdrosselnden Zollgrenze der EU. Auch dies erfordere ein NEUES CASABLANCA. Ein solch »mehrseitiges Projekt« hieß im Traktat ein *triple project*, ein Dreiecksverhältnis.

- Recht unwahrscheinliches Projekt.
- Aber für mehr als eine Seite interessant und oligarchisch unterstützt.
- Wie will man das in der gegenwärtigen Stimmungslage durchsetzen?
- Offenbar geht es nicht um die Durchsetzung, sondern erst mal nur um die Projektierung.

Die Geheimdienstmitarbeiter, die dieses Gespräch führten, saßen behaglich in der Wärme der holzgetäfelten Bar. Annahme war, dass der sogenannte »Doktorand« jetzt schon zwölf Flugreisen und zwei Fahrten in gemieteten Jachten zwischen Alexandria, Istanbul, Tel Aviv und inzwischen auch Querreisen zurückgelegt hatte. Offenbar riss der Faden der Gespräche nicht ab. Nicht alle konnten abgehört werden. Die Finanzierung der Forschungsreise, die sich auf überraschende Lücken in der Realität bezog, schien stabil.

– Die Finanzierung ist wohl das einzige Realistische an dem Unternehmen.
– Die Reisekosten scheinen gesichert zu sein.
– Absurd.
– Und Sie meinen, der Junge hat den Ehrgeiz, den Vater zu übertreffen?
– Das scheint sein Motiv.

Je mehr sie sich gegenseitig die Verhandlungslinie des jungen Abenteurers vor Augen führten, desto größeren Gefallen fanden die Gesprächspartner an der These, dass in aussichtsloser Lage nur ANTI-REALISMUS und GROSSMUT (»Generosität«) Wunder wirken können – so wie beim Potlatsch-Fest, einem Fest der Verschwendung, bei den Indianern an der Westküste Nordamerikas. Aus der Zeit ihrer Schulung kannten sie das Beispiel »Schulklasse beim Tauziehen«. Lässt die eine Seite das umkämpfte Tau unerwartet los, fällt die Gegenseite auf den Rücken.

Die Schüler, die das Seil rechtzeitig losließen, ergänzte der Brite, müssten ihren Gegnern sofort aufhelfen. Sie müssten ihren »Sieg« mit der Gegenseite teilen.

– Das wäre auf einem Schulhof ungewöhnlich.

ちくしょう
こいつは罠だ
アレクセイ
どこにいる!?
グワッ
おおっ

キエフの幽霊
Привид Києва

Untergang der *Moskwa*.

STATION 4

»Der American Civil War ist nicht tot« / Was wissen wir, was auf unserer Erde im Untergrund an unerledigten Kriegen bis heute wühlt?

Neue Welt, neuer Krieg (1861-1865)

In der Neuen Welt – das war der Eindruck der Brüder Grimm aus der Ferne und auch der Grund für die Einwanderungswellen aus Galizien, Irland und Deutschland in die USA – ist alles innovativ, neuartig. Alles ist weiträumiger, jung, technisch und überwältigend NEU.

So auch der Krieg. In diesem Fall: der amerikanische Bürgerkrieg. Der Würgegriff des industrialisierten Nordens der USA am Hals der Sezessionisten des Südens, der Abtrünnigen, der Sklavenhalter: »Scott's Schlange«. Die Sezessionisten, die Konföderierten Staaten des Südens, die ihre Souveränität auf ihr Eigenrecht stützen wollten, sich von der Zentrale in Washington zu trennen suchten, waren bewegt von Ängsten und Befürchtungen. Befürchtungen sind Phantasmagorien, Erwartungen sind ebenfalls Phantasien: Nichts davon ist realistisch. Die Südstaaten der USA, einst Hauptakteure der amerikanischen Politik, erwarteten, von den Einwanderungswellen im Norden, der Neugründung neuer Staaten im mittleren Westen überwältigt zu werden. Den Puritanismus des Nordens hatten sie nie verstanden. Sie befürchteten im Fall einer abrupten SKLAVENBEFREIUNG eine Nacht der langen Messer, wenn sich nämlich wie in Saint-Domingue die SKLAVEN gegen ihre ehemaligen Herren gewaltsam erheben würden. Außerdem gab es den Hochmut des Südens, einer Klassengesellschaft mit glanzvollen Festen und Häusern, Regionalismus, Nationalismus und rebellischem Geist: ein »abgekoppeltes Selbstbewusstsein«, nicht abgestimmt auf die Realitäten des Planeten.

Maulwurf Krieg

Kriege, die unerledigt enden, hören nicht auf, im Untergrund zu wühlen. Sie graben sich durch die Jahrhunderte voran. Schon Spurenelemente aus diesen Tunneln können Gegenwartskonflikte kontaminieren, zur Entzündung bringen und sind Explosivstoff unserer Zeit.

Ein Mann aus Minnesota, den es als PhD nach Harvard verschlagen hat, wo er auf eine Planstelle wartet, hat ausführlich beschrieben, wie der Ukraine-Krieg, dem wir ohne viel Einfluss auf die Kriegführenden zusehen, aus fernen Kontaminationen entstanden ist. »Dinge träumen.« »Kriege träumen.«

»Das dünne Eis der Zivilisation«

Wie aus den Ölgemälden des Kapitols herabgestiegen, die vom *American Civil War* handeln, stürmt eine REALE MENSCHENMENGE, kostümiert, am 6. Januar 2021 den Sitz des US-Gesetzgebers. Was ist wirklich? Die Bilder an der Wand im Inneren des Gebäudes? Die Kostümierung? Die Unruhe in den Geistern? Die Unruhe in den Jahren 1861-1865 oder die des Jahres 2022? Oder ist nur die SUMME ALLER VERGANGENHEITEN, GEGENWARTEN UND ZUKÜNFTE real? Weht unerwartet ein »böser Wind«?

Vom Winde verweht. Filmtriptychon. 04:57

Die strategische Skizze zur Überwältigung der konföderierten Staaten in den USA sieht als erste Stufe des Krieges auf dem sogenannten *Western Theatre* die Eroberung des Mississippi und den Vorstoß bis New Orleans vor. Auf dem *Eastern Theatre*, also an der Atlantikküste, soll mittels einer Blockade die Verbindung der Konföderierten zu Europa, zum Welthandel und zu jedem Nachschub abgeschnitten werden. Hinzu treten die Sanktionen. Der Autor des Plans hieß Scott. Das Projekt hat den Namen SCOTTS SCHLANGE.

Scotts Schlange. Triptychon. 06:00

Die formvollendete Kapitulation in Fort Appomattox

Im American Civil War kapitulierte die Armee von Nord-Virginia, welche die Hauptstadt der Konföderierten verteidigt hatte, in Appomattox. General Robert W. Lee, der den Waffenstillstand unterschrieb, war von allen anwesenden Offizieren, auch wegen seiner Lehrtätigkeit an der Kriegsschule West Point vor Ausbruch des Krieges, eine angesehene Person. Sein Gegenüber, der Oberbefehlshaber der Armeen der Nordstaaten, war nicht das bevorzugte Objekt der Fotografen. Mit seiner Umhängetasche erinnerte er eher an einen »Wandersmann« als an einen hohen Offizier.

Auf die Kapitulation folgte ein »schlechter Frieden« mit räuberischen Konfiskateuren. Steuereintreiber der Nordstaaten, Abenteurer, Beutemacher, gleichgültige und korrupte Befehlshaber der Besatzungstruppe zerstörten das Vertrauen in die Vereinbarungen der Kapitulation. Verstörung bei den Besiegten. Für mehr als hundert Jahre fühlte sich der Süden nach diesem Krieg verarmt und »enteignet«. Das galt auch für die »Befreiten«, den aus der Sklaverei erlösten Bevölkerungsteil. Im Grunde endeten einige der Kriegsfolgen erst mit dem Rüstungsboom im Zweiten Weltkrieg, der die Arbeitskräfte auch aus den Südstaaten ab 1944 zu den nördlichen Industrien in Chicago und in Detroit hinaufzog.

General Lee, in grauer Uniform, reicht General Grant, in blauer Uniform, die Hand nachdem er die Kapitulation seiner von der Armee der Nordstaaten umzingelten Virginia-Armee unterzeichnet hat. Fünf Tage danach wird Präsident Lincoln von einem Attentäter in der Loge eines Theaters ermordet. Damit wird ein Garant der Fairness entfallen, mit dem der Süden gerechnet hat.

»DER KRIEG TRÄUMT VON SEINER ABSOLUTEN GEWALT«

Die Vorfahren der Himars-Raketenbatterien in der Ukraine. »Punktfeuer von 1864«.

STATION 5

Nebel des Krieges

Ein Prüfungsthema in West Point

In den Abschlussexamen der Militärakademie in West Point kamen die gefürchtetsten Themen aus dem Umkreis FOG OF WAR. Es handelte sich um das Fachgebiet des Strategielehrers und Militärhistorikers Generalmajor Freddy R. Williams. Es betraf nicht die Einsätze von Truppen in einem Sandsturm oder im Nebel. Beides ist heute weder für den Befehlshaber noch für die Truppe mit einer Gefahr oder mit Orientierungslosigkeit verbunden, da mit Hilfe der Wärmedetektoren, welche die Späher im Orbit besitzen, solche Undurchsichtigkeiten durchsichtig geworden sind; auch die Nacht birgt vor dem Auge des Satelliten keine Geheimnisse mehr, sofern es um lebende Materie geht, die stets Wärme an die Umgebung abgibt.

Auf die Gefahr hin, spirituell zu erscheinen, stellte Generalmajor Williams es so hin, dass mit Kriegsausbruch die Tatsachen selbst ihre feste Gestalt verlieren. Ähnlich den Tierkombinationen im antiken Bericht des Herodot, dem zufolge z.B. Teile einer Ziege, einer Schlange und eines Löwen sich zu einem unbekannten Tier, einer Chimäre, vereinigt hätten, gebe es im Krieg »unbekannte Tatsachen«, Mischungen aus Notwendigkeit und Zufall, auf die man sich weder durch Übungen noch durch Abhärtung vorbereiten könne. Ja, es sei nicht einmal sicher, ob nicht alle wirklichen Verhältnisse sich unter den »Druckverhältnissen des Krieges« minimal änderten oder »krümmten«, ähnlich wie es mit Raum und Zeit in unmittelbarer Nähe monströser Gravitationen geschieht. Das war für die Zöglinge der Militärakademie, die keine Kriegserfahrung besaßen, nur schwer in eine Examensarbeit umzusetzen. Es erschien ihnen »philosophischer Natur«. Gerade einen solchen Einwand aber wehrte Generalmajor Williams vehement ab. Die gefährliche Erscheinung einer »entarteten Realität«, die mit der sog. Friktion oder dem »Nebel des Krieges« sich verbinde, sei gerade nicht gedanklicher Natur, d.h. komme nicht aus dem Beobachten, sondern aus den Dingen selbst. Grund dafür sei der »kriegerische« Kontakt von Menschen und Tatsachen mit dem Zufall. Der Führer einer militärischen Einheit gerate, als fahre ein Schiff aufs offene Meer, in die Unwägbarkciten des Zufalls, wie sie in der Welt grassieren. Man kann die Tatsachen, sobald der Krieg ausbricht, von unerlaubtem Kontakt mit den Zufällen nicht mehr abhalten.

War das nun ein Spleen des Generalmajors? Oder war das etwas, was die jungen Offiziere in der Zukunft tatsächlich erwartete? Die Prüfungsaufgaben wurden jährlich verändert. Mit großer Sorgfalt waren die Kandidaten bemüht, sich alle Lösungen aus früheren Prüfungen anzueignen. Sie waren überzeugt davon, dass man diese Lösungen nur abschreiben, niemals aber wirksame Lösungen gegen den Nebel des Krieges selbst finden könne. Sie waren eingeschüchtert. Geriet aber Generalmajor Williams in seinen Seminaren richtig in Rage, behauptete er, dass sich, vergleichbar einer »wilden Jagd«, die stürmischsten Geister aus allen Kriegen der Vorzeit quasi verschworen hätten und in die Lücken eindrängen, welche die Tatsachen stets zwischen sich aufwiesen. In diesem Fall, argumentierte er, sei es gar nicht der Kontakt mit dem Zufall, sondern der mit den »toten Geschlechtern der Vorzeit«, welche die Tatsachen zum Aufruhr reizten. Die Deutung, schloss der Generalmajor, bleibe sich gleich: Die Nebel des Krieges seien unbeherrschbar.

Fog of War / Nebel des Krieges

»Es ist alles im Krieg sehr einfach, aber das Einfachste ist schwierig. Diese Schwierigkeiten häufen sich und bringen Friktion hervor.«

Carl v. Clausewitz, Vom Kriege,
Erster Theil, Erstes Buch, S. 77

Kein Angriff im Nebel

Am 12. Februar 1916, dem zunächst für den Angriff auf Verdun festgesetzten Tag (noch war alles ungeschehen), fuhr ich mit zwei Ordonnanzoffizieren an die Front. Die Landschaft lag in undurchdringlichem Nebel.

- Das kann von Vorteil sein. Die Verteidiger sehen nichts.
- Sie meinen, dass wir nach Kompass angreifen sollen? Die Truppe besitzt keine Kompasse.
- Sie müssen nur geradeaus, immer nach Westen stürmen.
- Es gibt keine Erfahrung in bezug auf Nebelangriff. Das ist nicht geübt worden.
- Deshalb sage ich ja: Es kann einen Vorteil enthalten.

Die deutsche obere Führung war jedoch in den Kategorien der »Klarheit« und der »bewussten Entschließung«, also »rational«, ausgebildet. Sie traute keinem »Ungefähr«.

- Wir hätten an diesem Tag dennoch angreifen müssen. Wie Gespenster wären die Unsrigen aus dem Nebel aufgetaucht.
- Und die Artillerievorbereitung? Hätten wir ins Blinde schießen sollen?
- Man schießt ohnehin nach Planquadraten.

Wie gesagt, wurde der Angriffsbefehl an diesem Tag zurückgenommen. Ich blieb bei der Truppe, die in ihrer Masse im Stollen zusammengedrängt war, in dem sie hauste und schlief.

- Und wieso nehmen Sie an, dass die Angriffstruppen ihren Weg gefunden hätten?
- Weil sie auf den Feind gestoßen wären.
- Woran sollte man im Nebel einen Feind erkennen?
- Wer hinter mir ist, ist Freund. Wer vor mir ist, ist der Feind.

Es war aber im Nebel weder das »vor mir« noch das »hinter mir« sicher auszumachen. Bei tastendem Vorgehen in den Nebelschleiern, Führung nur in den Füßen, neigten die Soldaten, wie sich bei späteren Anlässen zeigte, dazu, sich im Kreis zu bewegen und die Richtungen zu verwechseln.

- Es hätte tatsächlich ein Durcheinander entstehen können.
- Ja, aber ein Durcheinander, das sich schrittweise nach Westen hätte lenken lassen. Wir besaßen Leuchtkugelgeschosse aus Magnesium. Sie hätten zwar keine Sicht, aber Signale vermittelt.

»Nerven wie Drahtseile«

Während der Schlacht an der Somme wurden Offiziere der Ost-Divisionen von Russland an die Westfront kommandiert, weil man annahm, dass sie mit größerer Ruhe auf die Attacken des Feindes reagieren, »sachlicher« in ihren Befehlsständen ihre Funktionen ausüben würden als die Nervenbündel, welche die Westfront befehligten. Nicht funktional war es, dass Nerven nur bis zu einem gewissen Grad Stress vertragen, dann ihren Dienst versagen, so dass ein »heulendes Elend« zur Befehlsgebung oder zur Ausführung von Befehlen gleichermaßen unfähig war. Ebenfalls unfunktional war ein durch »eisernen Willen unterdrücktes heulendes Elend«; ein solches Ich blieb starr und vermochte die Befehle oder deren Ausführung nicht an die konkrete Situation anzupassen. Das Fürchterliche, berichteten bald darauf die frisch aus dem Osten importierten Offiziere, die schon nach wenigen Wochen als »ausgebrannt« galten, waren nicht der Feind und seine Geschütze, sondern das eigene Vorstellungsvermögen, das die Befehle an die Truppe begleitete. Wir, die Offiziere, hieß es, sind wie Scharfrichter tätig, wenn wir unsere Leute in den Stellungen vorn festhalten. Wer dieses Phantasievermögen nicht besaß, blieb vom Versagen der Nerven unbehelligt. Dieser Typ des phantasielosen Offiziers war wiederum im Bewegungskrieg unbrauchbar. Das Stichwort hieß: »Nerven wie Drahtseile«. Man fahndete danach, wie man so etwas in den Mannschaften und Offizieren installieren könnte. Dazu sagte der Militärarzt Dr. Dänicke (Ordinarius für Nervenheilkunde in Jena):

»Nerven haben keine Funktionen, die in irgendeiner Weise an Drahtseile erinnern. Wenn zwei Volkswirtschaften, also Industrien, miteinander ringen und schließlich diejenige Seite, die es länger aushält als die andere, Sieger ist, so wird eine Leistung von den Menschen verlangt, auf die sie die Evolution nicht vorbereitet hat: »›Abwarten unter aussichtslosen Bedingungen.‹«

Man versuchte es mit »Butterkuchen«, sozusagen mit Einfettung der Nervenbahnen, begrenzt auf Offizierskreise. Besser wäre, erwiderte Dr. Dänicke, Anästhesie, z. B. Zwangsschlaf. Das tatsächliche Einziehen von Impulsleitungen aus Kupferamalgam zu Versuchszwecken bei Schwerstverwundeten, um sie »nervenlos« zu stellen, führte in jedem Fall zum Tod der Probanden. Das beste Mittel war noch, die Stäbe weit rückwärts zu verlagern und Frontbesuche von Offizieren zu untersagen. So blieb zumindest der Ausgangspunkt der Befehle intakt.

Die Bohrungen im Hügel von Vauquois

Unter dem Dorf Vauquois, das es nach der Schlacht nicht mehr gab und das bis heute nicht wiedererrichtet wurde, haben deutsche und französische Pioniere, ausgesuchte Bergleute, von beiden Seiten Stollen in das Hügelgelände getrieben, die bis in eine Tiefe von 60 Metern reichen und, wie man nach dem Krieg gemessen hat, vereint eine Strecke von 17 km ausmachen. Die Sprengungen begannen mit 50 kg Dynamit. Jetzt, am 14. Mai 1916, besaß eine deutsche Ladung die Zerstörungskraft von 60 000 kg Sprengstoff. Damit sprengten die deutschen Bergleute einen etwas höher gelegenen Tunnel der französischen Bergleute, die andernfalls den deutschen Tunnel gesprengt hätten. Inflationierung der Mittel auf engstem Raum.

– Alles Fachleute.

– Rasante Verlustquote an unersetzlichen Sprengmeistern

und Bergleuten. Sie konnten nicht so schnell aus den Bergbaugebieten nachgezogen werden, wie sie umkamen.
- An beiden Seiten des Berges von Vauquois befanden sich zuletzt Unterkünfte und Lager ähnlich einer Stadt mit Depots, Latrinen, Waschräumen, Küchen, einer Kaserne, um den Angriff zu nähren.
- Zuletzt war der Hügel für weiteren Tunnelbau unbrauchbar geworden. Man kann im durch Sprengung erschütterten Erdreich keine Stollen mehr bauen.
- Was machten die Pioniere daraufhin?
- Sie bauten Betonröhren in den Berg hinein.
- Waren die brauchbar für Sprengungen?
- Man musste die Ladung erneut steigern.

Äußerlich sah es wie Kooperation aus. Die konzentrierten Arbeitskräfte auf beiden Seiten antworteten einander präzise. Nie wieder wurde auf so engem Raum eine derart qualifizierte Arbeitskraft verausgabt.

Der Sprengmeister von Vauquois

Der Kampf um die Karpatenpässe

Alles vergeblich. Sie kamen auf der Höhe der Karpatenpässe nicht an. Der Pass lag zur einen Seite bei Radoczyna, zur anderen bei Konieczna. Die russischen Soldaten trugen eingerollte Schlafsäcke um Bauch und Rücken. Durch den Tiefschnee arbeiteten sie sich in Richtung Höhe vor. Unter dem Beschuss von Schwarzlose- und Maxim-Maschinengewehren. War ein Stück Körper durchschossen, gab es für die Person in der Kälte keine Rettung. Das galt auch für die Gräflein, Barone, die bürgerlichen Schwärmer, die als Offiziere diese Truppe über die Berglehne trieben. Seitlich der Kolonne, vor dem Feuer der k.u.k. Armee, gedeckt durch einen Hügel, hatte sich auf einem Bretterpodest eine Kameragruppe installiert. Sie fotografierte den Zug der Unseligen, die den Pass zu erklimmen suchten. Selbst dort oben angekommen, hätten diese Leute von ihren Zielen, den Hauptstädten Budapest und Wien, nichts erblickt. Sie hätten lediglich die Schneemassen gesehen, die den Hang abwärtstrieben.

Sie waren später auf der Leinwand eher als Schatten zu sehen, als dass man sie als »bewaffnete Menschen« hätte identifizieren können. Die geschulterten Karabiner mit aufgesetztem Bajonett hätten aus der Entfernung auch Stöcke sein können, welche die Kolonne, die vor dem Beschuss immer wieder etwas zur Seite wich und sich in den Schneewehen zu schützen suchte, aus Willkür mit sich führte. Da das Kamerateam nur diesen Vormarsch filmte, nicht aber den in der Spätnachmittagsstunde stattfindenden Rückzug, ein Fluten bergab in Richtung Nordosten, zogen die Soldaten für alle Ewigkeit den ungewissen Pässen zu – sooft nämlich diese Propagandafilme in Kinos gezeigt werden. Immer gleichermaßen vergebens. Von einem »Kampf«, wie es in den Aufschriften der Filmbüchsen hieß, konnte keine Rede sein. Die einen schossen unerbittlich aus verdeckten Stellungen in der Höhe, die anderen suchten in gleichmütigem Schritt, so gut es ging, den Kugeln auszuweichen und wenigstens an diesem Tag einige Meter näher an das befohlene Ziel heranzukommen – nicht um dieses Ziel zu erreichen, sondern um die Quälerei zu einem Ende zu bringen.

Im Gefängnis der Pflicht

Die deutsche Oberste Heeresleitung (OHL) gab in der Schlacht um Reims – es ging um die letzte Offensive des Reiches im Jahr 1918 – am Abend des 18. Juli keine Befehle mehr aus. Das bedeutete eine neue Dimension der Verzweiflung. War es das Verhalten von Spielern, die verloren haben? Nein, es war die Verzweiflung von Insassen eines Gefängnisses: Sie saßen im Gefängnis der Pflicht.

Was heißt Pflichterfüllung? Eine Schuld abtragen aus vorangegangenem Tun? Handeln ohne Sinn? Aushalten? Das war unter den Bedingungen der Verzweiflung nicht zu entscheiden. Einer, der die Karten 1:300 000 zu lesen und aneinanderzufügen verstand, sah das Verhängnis. Er redete darüber mit den Kameraden, und nichts wurde dadurch leichter. Nur dieser eine besaß ein Gesamtbild. Verluste, wie sie an diesem Schreckenstag eingetreten waren, konnte niemand ersetzen. Tote, Verwundete, Überläufer – ganze Truppenteile liefen zum Feind über.

Ähnlich liefen die Offiziere in den langen Gängen der Obersten Heeresleitung von Zimmer zu Zimmer. Sie schämten sich voreinander. Fühlten sich schon monatelang als GEFANGENE DES SCHICKSALS. Die Depression griff um sich. Kaum einer reiste nach Berlin, ohne dort im Reichstag oder in den Ministerien ein Stück dieser GEFÄNGNISPSYCHOSE als Andenken zu hinterlassen; es war die Heeresleitung, welche die politischen Führer der Heimat entnervte.

Wie bewerkstelligt man den AUSGANG AUS SOLCH SELBSTVERSCHULDETER ENTMUTIGUNG? Gibt es einen GANG IN DIE FREIHEIT? Freiheit, das wäre die Pistole, sagte von Lossow. »Schuss in die Schläfe.« Wie man fremde Provinzen erobert, wussten sie. Wie man den Ausgang aus dem Gefängnis dieses STABSQUARTIERS EINES VERUNGLÜCKTEN KRIEGES findet, wussten sie nicht.

Es kam ja nicht auf die individuelle Befreiung an, z. B. durch ein Gelage, einen Saustall für eine Nacht. Nein, niemand trank in diesen Tagen Alkohol. Sie wussten, dass gewisse Entschlüsse durch Alkohol gefördert werden konnten, den Einsatz von Regimentern wider besseres Wissen, die Selbsttötung. Einige hätten gern mit dem Trinken angefangen, nur um schlafen zu können. Wie funktioniert der AUSGANG AUS SOLCHEM UNHEIL, aus der Knechtschaft? Er gelingt durch nichts.

Sie enthielten sich an diesem Tag aller Befehle. Nicht jeder Befehl hätte eine Phrase sein müssen. Dass sie ihr bisheriges Tun, das schon vier Jahre währte (ja einschließlich der Vorbereitung der Krise sogar 16 oder 20 Jahre, je nach Dienstzeit im Generalstab), mit Bedauern wahrnahmen, gern bei den Kämpfenden und Gefallenen Verzeihung erbeten hätten, das wäre eine Äußerung gewesen, kein Befehl.

So unterblieb an diesem Abend die Befehlsausgabe. Es gibt derzeit keinen PFAD DER AUFKLÄRUNG. Am Anfang einer militärischen Niederlage, die auf dem Hochmut der Vorzeiten beruht. Den Berg dieses Hochmuts vermag niemand rückwärtsschreitend zu überwinden. Auch findet sich jenseits des Hochmuts keineswegs DER AUSGANG INS LAND, DAS NICHT KNECHTET.

Stichwort Paradoxie

In der griechischen Antike bedeutet das Adjektiv *parádoxos*: »unerwartet«, »verblüffend«, »widersinnig«. Eine Paradoxie ist ein Gegensatz, der sich dem übergreifenden Verständnis verweigert. Paradoxien lassen sich vom Menschen nicht beherrschen.

Der Krieg ist ein Dämon, der sich der Herrschaft derer, die ihn anzetteln, ebenso entzieht wie den Wünschen derer, die ihn bekämpfen. KRIEG IST EIN MEISTER DER PARADOXIEN. Dieser Satz von Herfried Münkler über den Großen Krieg 1914 bis 1918 lässt sich verallgemeinern. Es gibt kaum eine größere Herausforderung für die Sinnlichkeit und den Verstand der Menschen, für Begriff und Anschauung, für THEORIE und POETIK als den KRIEG. Er stülpt um und erfordert, das Umgestülpte neu zu organisieren. Ich hätte nie angenommen, dass es nach den Erfahrungen in Mitteleuropa von 1945 und 1918 noch einmal notwendig sein würde, mit dem Denken neu anzufangen.

Krieg hat keinen Vorgesetzten

Krieg ist ein amphibischer Begriff, der zwischen Abstraktion und Konkretion wechselt

Unmittelbar vor Russlands Angriff auf die Ukraine im März 2022 führte der Historiker Herfried Münkler in einem Zeitungsartikel aus, dass man die Analogie zum Ukraine-Konflikt nicht in den Jahren 1938 und 1939 suchen sollte, sondern im Sommer 1914. Münkler beschreibt die Situation in jenem Sommer wie folgt:

»Zwei Bündnissysteme, die beide den großen Krieg nicht wollten, steuerten wegen einer geopolitisch nachrangigen Frage auf ihn zu. Keine Seite war bereit, ihr Gesicht zu verlieren. Und vor allem wollte keiner den Zusammenhalt des Bündnisses, dem er angehörte, riskieren, was bei Nachgiebigkeit oder Einlenken nicht auszuschließen war. Die Frage der Zuverlässigkeit der Bündnispartner stand auf dem Spiel.«

Nur die militärischen Mittel anzuführen, die Macht wirtschaftlicher Sanktionen gegenüber einem Panzerangriff, die Interessensfragen oder die Rechtsfragen (wer hat zu welchem Zeitpunkt etwas völkerrechtswirksam versprochen, wer begeht Kriegsverbrechen?), ist in einer solchen Situation nicht hinreichend. Vielmehr geht es um eine Art ZWEITER NATUR, um das Zusammenhalten brüchiger Bündnisse. Es handelt sich um eine EBENE DER ABSTRAKTIONEN und der Schriftlichkeit, auf der Sprachregelungen, Vereinbarungen und gemeinsame Werte festgehalten sind. Was nach Kriegsausbruch die Fluchtbewegung auslöst und die Toten verursacht, also die Konkretion, ist ein anderer Aggregatzustand als die »politische Kartographie«.

Die Machtergreifung der Dinge

Am 8. Mai 1916 Unfall im Dorf Douaumont. Aus Flammenwerfern ist Öl ausgelaufen. Der Flammenherd nicht zu löschen. Munitionsdepots explodieren. In den Tunneln und Hallen dieser Betonburg ist alles gelagert, was dem feindlichen Beschuss draußen momentan entzogen sein sollte. Kolonnen fliehen durch die Gänge, »eine wirre, psychisch infektiöse Masse«. Vorwärtsdrängende machen Fliehenden, die aus einem Quergang kommen, keinen Platz. Handgranaten werden geworfen.

In der Propaganda war der Douaumont eine Trutzburg in deutscher Hand. Tatsächlich aber war der Betonklotz eine Rumpelkammer. Zur französischen Seite hin ohne Waffen. Man konnte keines der Geschütze des Forts zu dieser Seite richten. So handelte es sich lediglich um einen Behälter zum Unterstellen von Kriegswaren.

Diese Waren hatten sich jetzt verselbständigt und jagten

die Menschen vor sich her. Wäre ein Befehlshaber erreichbar gewesen, hätte er in diesem Moment, selbst von Panik ergriffen, die Räumung des Berges befohlen.

Ich komme als Ordonnanzoffizier des Oberbefehlshabers viel herum. In dem Stockwerk des Douaumont, in dem ich mich befand, herrschte Ruhe. Uns war unheimlich zumute, weil wir von den Flammen wussten. Solche Brände lassen erst kurz vor Erreichen eines Raumes ein brüllendes Geräusch hören. Zuvor verbreiten sie sich »unmerklich«, »kriechend« (über elektrische Leitungen und verdeckte Röhren). Wir fühlten uns besiegt. Wir schlossen die doppelten Eisentüren, verklebten alle Steckdosen, überprüften, dass keine Heizungsrohre oder Versorgungsleitungen zu unserem Unterstand führten.

Ich bin als bedingungsloser Anhänger Friedrich Nietzsches ein guter Beobachter, gerade im Extremfall. Ich versuchte, ruhig zu bleiben. Ich spürte die Erschütterung des Bodens und der Wände durch die Explosionen. Wo bleibt bei einem solchen Ereignis die WILLENSKRAFT, der WILLE? Er ist das, was *vor* allem Bewusstsein (dieses war bei den Insassen des Douaumont augenscheinlich in Turbulenz begriffen und verwirrte die Sinne) die »innere Linie der Handlungen ausmacht«, also die Haltung, die über Sieger und Verlierer entscheidet. Waren wir bloß verloren oder Verlierer? Ich konnte, in der exakten Beobachtungsart meines Meisters, den WILLEN, d.h. den Treibsatz des Geschehens, nur in den Flammen selbst entdecken: in den Flammenwerfern (wie wir später nach Rekonstruktion des Geschehens erfuhren), und zwar den ersten, die explodierten und in den anderen Dingen weitere Explosionen wachriefen. Diese Flammenwerfer, die wiederum von Erfindern und Konstrukteuren abstammten, welche diese chemischen Kampfmaschinen so angeordnet hatten, dass sie zum »Ausräuchern« feindlicher Bunkerbesatzungen, dann aber naturgemäß auch zur Vernichtung von uns selbst, ihren Auslösern, taugten. Es war ein Komprimat von MENSCHLICH-AUSSERMENSCHLICHEM WILLEN: feuerspeiende Stangen, in den Tornistern Flammensprühstoff, ein von chemisch erfahrenen Übermenschen zusammengesetzter GESAMTWILLE. Der war explodiert, über uns hergefallen, wobei ich korrekt sagen darf, dass ein solches Trümmerstück mich selbst, den philosophischen Beobachter, nicht traf.

– Ein Sieg der Dinge?
– Wenn Sie die Flammenwand, welche die Tunnel durchwanderte, als »Ding« bezeichnen wollen. Niemand hätte ein solches Ding anfassen können. Es war weniger ein Ding als vielmehr »der Wille seiner Erzeuger«.
– Der Wille des Zufalls? »Das Werkzeug« entkam seinen »Wächtern« und löste eine Art Sklavenaufstand der Dinge aus?
– Sklaven waren die in den Betonschächten zusammengepferchten Menschen. Sie hatten Sinn und Verstand verloren. Man kann es nicht Leben nennen, was sie zu retten suchten. Wie sollten sie noch je ein Selbstbewusstsein entwickeln?

Es schien wie eine Prophetie. Was hier als WILLE ZUR MACHT sich vordrängte, bestand aus einer komplexen Vorgeschichte und zahlreichen Gegenseitigkeiten. Praktisch zündeten die Waffen der französischen Rüstungsindustrie unsere Flammenwerfer an, da es das eine ohne das andere nie gegeben hätte. Die Herrschaft der Dinge: eine Prophetie ohne Empfänger, denn die Sache wurde geheimgehalten.

Aspen im Sommer

Als ob es hundert Jahre solche Sommer gäbe! Die Gäste der Konferenz waren gebannt vom Hochgefühl, zu den wenigen Eingeladenen zu gehören. Was ist das mittlere Meinungsbild von 87 Personen, die es sämtlich darauf anlegen, nichts zu sagen, was die übrigen verstimmen könnte; nichts, was anderen so missfällt, dass sie hier nicht wieder eingeladen werden? Noch konnten sich die USA aufgrund ihres maritimen Monopols China gegenüber frei bewegen. Aber was wird in vierzig Jahren sein? Das Thema der Konferenz hieß: Agenda 2040.

– Sie denken unablässig darüber nach, wann der geeignete Zeitpunkt sein könnte, mit einem Schlag das Taiwan-Problem zu lösen, indem man es einfach vom Tisch fegt.
– Wen meinen Sie mit »sie«?
– Die militärischen Planer Chinas.

Zu diesem Zeitpunkt besaß der dänische Geheimdienst die besten Informationen über den Beratungsstand in der chinesischen militärischen Führung. Ohne dass sie viel dafür getan hätten, war den Dänen ein Maulwurf in den Kernbereich der chinesischen Führung hineingewachsen. Jetzt besaß der kleine NATO-Partner überschießende Informationen, die er quellenschonend mit den USA austauschte. Danach galt in der chinesischen Militärdoktrin ein Blitzkrieg (wie ihn Japan 1941 geführt und Deutschland 1914 geplant hatte und an dem MacArthur 1951 gescheitert war) als verwerflich. Keiner, dem seine Laufbahn etwas wert war, würde in der chinesischen Zentrale vorschlagen, eine Insel zu überfallen, wenn man nicht wusste, wie man im anschließenden Konflikt reagieren konnte. Sie ächten in ihren Reihen alle »Abenteurer«, meldete der Informant.

– Was verstehen Sie unter »vom Tisch fegen«?

– Wieso?
– Sie sprachen eben von Taiwan, Taiwan liegt auf keinem Tisch.
– Das ist ein Ausdruck.
– Aus Ausdrücken werden Realitäten geboren.
– Wie absurd, Ausdrücke mit Geburten zu vergleichen.

Der dänische Experte, ein Generalmajor, Führungsoffizier des Maulwurfs, hatte den Wunsch, seinem höherrangigen US-Gegenüber zu erläutern, dass die chinesische Führung keineswegs »auf Zeit spiele«. Sie spielt überhaupt nicht, sagte er. Sie hält auch nicht »das hegemoniale Profil niedrig, um Zeit zu gewinnen und plötzlich die Züge eines Monsters anzunehmen«. Die Fraktion, die sich in den USA zu diesem Zeitpunkt mit dem »künftigen Hauptrivalen China« befasste, war zu aufgeregt, um auf die Nachrichten des kleinen NATO-Partners zu achten.

Derselbe US-Chef, der den Dänen stehenließ (nur weil Wolfowitz gerade den Konferenzsaal betrat), schrieb am folgenden Tag in einem Artikel für das ›Journal für auswärtige Politik‹: »Bei allen technologischen Mitteln, die einer Supermacht im 21. Jahrhundert zur Verfügung stehen, können Kriege immer noch durch eine falsche Lagebeurteilung ausgelöst werden.« Das zielte aktuell auf den Irak und war ein Hieb gegen die im Pentagon vorherrschende Fraktion des *Network-centric-warfare*-Flügels, der alle Planstellen und Budgets an sich zog. Eine gelungene Bosheit. Auf die Grauzone des Jahres 2040, den Zeitpunkt, zu dem die Anti-China-Fraktion glaubte ihre Herrschaft längst schon angetreten zu haben, war der Satz nicht gemünzt.

STATION 6

Die menschliche Natur und der bittere Krieg / Im Zoo der Aggressionen / »Die Fähigkeit, zu trauern«

Kriegsauslösung durch Depressive

Der Kanzler Bethmann Hollweg, der im Juli 1914 zu seinem »Sprung ins Dunkle« ansetzte, der Kriegsausbruch bedeutete, prophezeite von einer Allee seines Rittergutes Hohenfinow, die er im Herbst 1913 durchfuhr: »Diese Allee wird von den Russen früher oder später abgeholzt werden; denn sie werden das Gelände hier früher oder später überfluten, ich denke: eher früher als später. Sie erdrücken uns mit ihrer Masse.«

Es war folglich schon nichts mehr zu retten, sobald man es in historischer Perspektive betrachtete. Bethmann Hollweg glaubte an die Unabwendbarkeit des Weltkrieges. Diese Vorstellung lähmte ihn. Es kamen aber zunächst keine Russen, »die uns mit ihrer Masse erdrückten«; 28 Jahre später rückten deutsche Panzerdivisionen in Russland ein; das führte im fünften Kriegsjahr die russischen Armeen bis Hohenfinow zu Bethmann Hollwegs Allee. Die Bäume wurden auch zu diesem Zeitpunkt nicht weggehackt. »Der Kanzler erwartete von einem Krieg, wie er auch ausginge, eine Umwälzung alles Bestehenden.«*!

* Erdmann, zur Beurteilung Bethmann Hollwegs, in: *Geschichte und Unterricht*, 9, 1964, S. 536. Die Dissertation des engen Beraters des Reichskanzlers, Kurt Riezler, trägt den Titel *Die Erforderlichkeit des Unmöglichen: Prolegomena zu einer Theorie der Politik und zu anderen Theorien* (1913). Die Schrift wendet sich polemisch gegen Bismarcks Prägung »Politik als die Kunst des Möglichen«. Bismarcks Perspektive, meinten die Ungeduldigen und Depressiven von 1914, führe zu keinen Horizonten.

Kriegsauslösung durch Aggressive

Aggressiv, das heißt, feindfreudig, angriffswillig, reizbar, immer direkt und gewaltbereit, war der Präsident der USA George Walker Bush jun. Dennoch waren der Krieg gegen den Irak und der Angriff auf Afghanistan nicht bloßer Ausfluss seines Temperaments. Es gab aggressive Vorbereitung durch Lobbyisten und republikanisch gesinnte Wissenschaftler in den Stiftungen in Washington. Hier in den Stiftungen entstanden die Pläne für die Besiegung des Islam, die Niederlage des Iran, die GENERALLÖSUNG IM NAHEN OSTEN. Logik, Geopolitik, übergreifende Planung sind die aggressiven Mobile des Geistes. Es ist organisierter Geist und kein Einzelmensch, der die Angriffe bewirkt.

Den Initiator des fehlerhaft kalkulierten Angriffskrieges gegen die Ukraine, den Präsidenten Putin, bezeichnet ein Mitarbeiter im Bundeskanzleramt, der für die kurzgefasste Information des Bundeskanzlers mit zuständig ist, als »DEFENSIV-AGGRESSIV«. Putin sei, seiner Herkunft nach, ein Straßenkämpfer aus Sankt Petersburg. Auf jede Verletzung seines Umkreises reagiere er wie einst gegenüber anderen Straßengangs aggressiv. Werde die Grenzziehung verletzt, das Viertel, das er verteidigt, oder die Mutter – eine Concierge, die er schützt –, werde er zurückschlagen. Insofern sei er aggressiv. Er zeige jedoch keine Tendenz, über »Abwehr mit aggressiven Mitteln« hinauszugehen. Der Experte ist der Meinung und schreibt sie auch in seine Skizzen hinein, die er für den Kanzler verfasst, dass trotz zufällig herausgegriffener Gelegenheitsäußerungen man ihm keine phantastischen Expansionsphantasien zuschreiben solle.

Was wolle oder könne er durch Unterjochung widerspenstiger Balten oder Polen gewinnen? EIN ANDERER MITARBEITER DES KANZLERAMTS, DER EBENFALLS AN KURZ-

GEFASSTEN NOTIZEN FÜR DEN KANZLER SCHREIBT, WIDERSPRICHT DEM VEHEMENT. Den Studien der Geheimdienste ist weder für die eine noch für die andere These etwas Sicheres zu entnehmen.

Artenvielfalt der Aggression

Ob Dschingis Khan und die Mongolenherrscher, die nach dessen Tod in Richtung Westen vordrangen, aggressiv waren oder aufgrund uns fremder seelischer Programme handelten oder von auf der Erde pilgernden AUSSERIRDISCHEN SEELEN befallen waren, ist unerforscht. Jedenfalls ist von den mongolischen Reichen in der Volksrepublik Mongolei heute wenig präsent.

Unmittelbar nach 1918 hat sich ein als aggressiver Charakter georteter Reitergeneral des Zaren, ein baltischer Baron namens von Ungern-Sternberg, der eine 1. Mongolische Reiterdivision begründete und als angeblicher Nachfahr Dschingis Khans Teile des »Dachs der Welt« als sein Reich deklarierte, bemüht, seinen Machtbereich auf Europa auszudehnen. Er hatte den Plan, die D-Zug-Linie Riga bis Paris militärisch einzunehmen und mit seinen Schwadronen, die Pferde in Spezialwaggons angeschirrt, bis Frankreich zu fahren. Von Einheiten der Roten Armee weit vor Riga abgefangen, wurde er von einem Peloton erschossen.

Von Karl XII. von Schweden handelt ein hymnisches Werk von Voltaire. Der Philosoph war vom Angriffsgeist dieses Nachfahren des Königs Gustav Adolf entzückt. Karl XII. drang mit seiner kleinen disziplinierten Armee weit nach Russland vor. Er fügte Sieg an Sieg. Bis beim ukrainischen Poltawa Zar Peter ihn aufs Haupt schlug. Der Schwedenkönig floh in ein langjähriges Exil in den Orient.

In unmittelbarer Nähe des riesigen neuen Raumflughafens am Amur, wohin die russische Raumfahrt von Baikunur in Kasachstan umzog, hat ein Oligarch einen »Zoo der Angriffslust« errichtet. Er ist der Meinung, dass die Artenvielfalt der Angriffslust auf dem Erdkreis bedroht ist durch Wellen der Moralisierung. Die Behauptung seines Ausstellungsparks liegt darin, dass es nicht einige, sondern einige tausend Arten der Aggression gibt, von denen einige erforderlich sind, um gefährliche Arten der Aggression zu bekämpfen. Die Gesamtpartitur aller Aggressionen sei nämlich, so wie in der Mathematik minus mal minus plus ergebe, kein Kriegsauslöser. Dieser Zoogründer erläutert sein Projekt dahingehend, dass man den Beruf des ARTISTE-DÉMOLISSEUR, nämlich den »Zerstörungskünstler«, brauche, um Realitäten zu durchbrechen, die Krieg hervorbringen, und tief unten im Charakter der Menschen zu dem GLEICHGEWICHTSSTROM vorzudringen, von dem er meint, dass er die Millionen Jahre währende Evolution und auch die acht Milliarden gegenwärtig lebenden Menschen durchströme.

Generosität als Mythus einer Reichsgründung

Von Alexander dem Großen berichtet, etwa 1500 Jahre nach dessen Tod, der ALEXANDER-ROMAN. Die Großherzöge von Burgund hatten diesen mazedonischen König zu ihrem Idol erkoren und ließen seine Taten in Wandteppiche weben. Dieser Alexander eroberte das Persische Reich. Wäre er nicht gestorben, hätte er vermutlich den Rest der Welt im Westen (bis Gibraltar) mit seinen Eroberungen im Osten, die bis zum Indus reichten, verknüpft.

Der Historiker Alexander Demandt hält diesen Eroberer-König nicht für aggressiv, auch wenn er häufig siegte. Zwischen seiner Schlacht bei Issos und der Schlacht bei Gaugamela, die ihm das persische Großreich unterwarf, ließ er sich zwei Jahre Zeit, Städte zu gründen, Erfahrungen zu sammeln, Bildung zu verbreiten, Tempel und Orakel, Stätten des Wissens, zu besuchen. Seine Kriege sind das einzige Beispiel, so Demandt, für einen Angriffskrieg, der ein längerdauerndes Resultat hervorbrachte, nämlich die Hellenische Antike.

Alexander galt als jähzornig und überhaupt als jäh und schnell. Aber in einer zweiten Seele war er von entschlossener Geduld, ein Mann voller GENEROSITÄT. Die im Schatzhaus der Großkönige begrabenen Goldvorräte Persiens verteilte er freigiebig im Weltkreis. Das brachte einen Wirtschaftsaufstieg hervor und das Glücks- und Geisteswunder des Hellenismus, das 300 Jahre überdauerte.

Einen seiner Siege feierte er durch ein kollektives Hochzeitsfest von tausend seiner Krieger mit tausend Frauen aus dem eroberten Reich, quasi zum Abtransport des Krieges an die Horizonte. Andere Gründungen von Imperien von Dauer durch Krieg sind nicht bekannt.

Fatalismus der Vorausschau und Phantasien als Kriegsgrund

Kinder lügen. Ich habe, um Strafen zu entgehen, als Kind gelogen. Es hieß: »Wer lügt, der stiehlt und schlägt später Menschen tot.« Das ist bei mir nicht eingetreten.

In den 30er Jahren, die Florian Illies in seinem Buch *Liebe in Zeiten des Hasses* spiegelt (die SUBJEKTIVE SEITE des Menschen lügt weniger als die Zeitgeschichte), galt als ein öffentliches Thema die sogenannte GELBE GEFAHR. In einem Zukunftsroman von Hans Dominik fliegen gewaltige Luftflotten, kriegerische Zeppeline, flugtaugliche Plattformen (»Flöße der Luft«) mit Artillerie, phantastische Typen von Flugmaschinen aus dem Fernen Osten und aus einem phantasierten China sowie einem geheimnisumwitterten »Dach der Welt« aggressiv in Richtung Europa.

Es ist nicht ausgeschlossen, dass solche PHANTASIEN unserer Voreltern heute in unsere Wahrnehmung existierender Provokationen des NEUEN CHINA eingehen.

Der Dramatiker Heiner Müller weist darauf hin, dass es keine seelische Instanz gebe, die zwischen sachlicher Wahrnehmung und den Strömungen der Einbildungskraft sortiere. Zwischen Gut und Böse jede Menge von Schrifttum und Kontrolle. Zwischen Phantastisch und Wirklich: Freihandel.

Umgang mit aggressiven, revisionistischen Mächten / Wie antwortet man auf aggressiven Revisionismus?

Der Historiker Herfried Münkler beschreibt die wenigen Fälle, in denen ein länger dauernder Friedensschluss gelang. Er nennt das Ende des Dreißigjährigen Krieges im Westfälischen Frieden von Münster und Osnabrück (das Ergebnis eines Verhandlungsprozesses, der fünf Jahre dauerte), den Wiener Kongress von 1815 (der die napoleonischen Kriege beendete, ohne im besiegten Frankreich einen Rachegeist zu entfachen). Außerdem verweist er auf einen Bericht von Henry Kissinger über die Zuarbeit des ägyptischen Präsidenten Sadat zum Versuch, den Jom-Kippur-Krieg zu beenden. Weiterhin nennt er den Marshallplan und die internationale wirtschaftliche Integration des deutschen Wiederaufbaus nach 1945 als eine gelungene Operation, die einen neuen deutschen Revisionismus ausschloss.

Alle anderen Versuche, durch Appeasement, wirtschaftliche Anreize oder Abschreckung eine revisionistische Macht vom Krieg abzulenken oder das revisionistische Motiv aufzulösen, seien an Halbherzigkeit gescheitert. Gleichgültigkeit gegenüber Besiegten und Nichtwahrnehmung seiner Verletztheit seien dabei ebenso aggressiv wie die im Besiegten lauernde Aggressivität.

Zum Stichwort revisionistisch

Der Balkankrieg, auch post-jugoslawischer Zerfallskrieg genannt, beruht auf einer Kette von vorangegangenen unerledigten Konflikten. Der Zerfall Österreich-Ungarns und des osmanischen Imperiums hinterließ willkürliche Grenzziehungen. Es entstanden »ETHNISCHE, MENTALE, HISTORISCHE, ÖKONOMISCHE KNÄUELUNGEN«, unorganische Souveränität – in sich selbst keine Gemeinwesen und daher auf Zugewinn nach außen gerichtete Erwartungen. Dies hätte noch nicht zu den Balkankriegen führen müssen, die es seit der Befreiung des Balkans von der osmanischen Herrschaft gab. Zur revisionistischen Aggressivität gehört zusätzlich zur Empfindung eigener Besonderheit eine phantasiereiche Erzählung. Sie liegt jedem radikalen Nationalismus zugrunde. Sie ist die Quelle der REVISIONISTISCHEN AGGRESSION, die eine Veränderung oder Verteidigung von Landesgrenzen fordert, als ginge es um die eigene Haut. Es handelt sich dabei nicht um eine authentische Äußerung der Natur der Menschen. Vielmehr um eine zivilisatorische, hochkomplexe, im sogenannten Über-Ich verwurzelte »abstrakte« Erregung. Gerät ein Einzelner unmittelbar in Not, ist er allein für sich oder müde, zerfällt diese so starke Antriebskraft. Sie ist eine »unnatürliche Seelenkraft«.

»Die Haut weiß früher als der Kopf, wann Kriege enden«

Sigmund Freud hielt die öffentliche moralische Meinung und auch Teile des Scharfsinns, die er der seelischen Instanz des sogenannten ÜBER-ICHS zuschrieb, für KRIEGSVERLÄNGERER und für KRIEGSAUSLÖSER.

Verlässlich anti-kriegerisch, jedenfalls ein verlässlich antimilitärisches Element, sagt er, sei dagegen die Haut. Bei uns Menschen ist sie das flächenmäßig größte Organ. Das schrieb er 1939 an Albert Einstein, den Physiker, dem er implizit vorwarf, als Physiker das menschliche Seelenleben in seiner Weltbetrachtung ungenügend zu berücksichtigen. Er hatte dabei vor Augen die durchnässten Körper galizischer Rekruten in den Höhlen und Kavernen des Alpenkrieges von 1917 – vor dem geistigen Auge, da Freud niemals selbst in Kriegshandlungen verwickelt war. Nass waren sie bis auf die Haut. Die Haut fror. Monatelang konnte kein solcher »Hautbesitzer« sich waschen. Die Uniform klebte. An der gegenüberliegenden Front hatte die Kriegsmaschinerie Soldaten aus Apulien und Kalabrien in diese Eiszone der Alpen verfrachtet. Hier, in einer irdischen Mondlandschaft, lagen sie, ohne eigenes kriegerisches Motiv, dem »Feind« gegenüber, ebenso durchnässt, frierend, von Pilzen und Parasiten verstört, »hautnah mit der eigenen Haut verbunden«. Die Haut gehorchte keinem Befehl des Ichs, des Über-Ichs, des Unbewussten oder dem »gesellschaftlichen Befehl«. Durchs Gestein in ihrem Rücken und durch die Feldgendarmerie auf allen Passwegen waren die Soldaten beider Seiten an jeder Flucht gehindert.

Auf eine Situation »ohne Notausgang« antwortet die eigene Haut souverän. Sie rötet sich, entzündet sich. ALLERGIE DER HAUT, so Sigmund Freud, entspricht einer *levée en masse* in einer revolutionären Gesellschaft. Zuletzt kann der Soldat keine Uniform (seine gesellschaftliche Haut) auf dem Körper mehr aushalten. Auch in Gesicht und Haltung wirft er die Maske ab. Er tut das nicht aus freiem Willen, sondern wegen des Generalstreiks im Körper, vertreten durch seine Haut. Alles, was ihn zum Kriegswerkzeug tauglich machte, bricht, lange bevor der Krieg selbst insolvent wird, in sich zusammen. Der Krieg endet, weil die Kämpfer nicht mehr können, unabhängig davon, was die Kämpfer wollen, und unabhängig davon, welchen Besitz an diesem Willen die Leiter des Geschehens in den Generalstäben okkupiert haben. »Antikolonialismus des Willens.« Die Haut wehrt sich über jeden Kopf hinweg. Man sagt: »Ich wehre mich meiner Haut.« Aber selbst dieser Impuls wird widerlegt durch die Haut selbst, die sagt: »Selbst zur Gegenwehr bin ich nicht mehr bereit.« Die »Logiken des Krieges« sind inflationär. Solide ist nur die »Anti-Logik« der nackten Haut. Sie verfügt über Schwarzmarktketten, Tunnel und Kanäle zu den Nerven weit unterhalb des »herrschsüchtigen Hirns«.

Anekdote

Im Hundertjährigen Krieg zwischen Frankreich und England wartete während eines kurzfristigen Stillstands inmitten des Schlachtens eine Gruppe von fünfzig Gefangenen der französischen Seite auf ihre Massakrierung. Das waren Leute, von denen kein Lösegeld zu erwarten war. Würden sie bei einem Gegenangriff der Franzosen in der noch unentschiedenen Schlacht befreit, wären sie eine Gefahr für die Briten. So beabsichtigte man, sie in den nächsten Minuten zu ermorden.

Da unterbrach eine Zufallswolke, ein höllisches Gewitter mit Starkregen und Blitz, die Logik des Geschehens. Das Regenwasser rann in die Rüstungen der englischen Schergen, die zu alsbaldiger Vollstreckung vergatterten Exekutoren waren bis auf die Haut durchnässt. Nichts konnte die Nässe trocknen oder abwischen. Eine Öffnung der Panzer war bei durchnässten Lederriemen faktisch unmöglich. Die verzweifelten Bewacher (und künftigen Henker) machten sich ein Feuer. Sie bereiteten sich ein Mahl, besoffen sich, um die Quälerei zu mildern. Erschöpft vom Wetter, der Nässe und der Wartezeit schliefen sie ein. Die Gefangenen entkamen.

Die Zufallswolke »Starkregen«, die Zufallswolken der noch »unentschiedenen Schlacht«, die Zufallswolken der »Gemütskräfte, also der subjektiven Seite der Kämpfer« zeigen logisch und ihrer Herkunft nach wenig Zusammenhang. Als Notausgang für die geretteten Gefangenen genügten die Lücken in der Logik. Die Logik selbst hätte sie umgebracht.

Eine Antwort von Karl Marx zur Zeit des Krimkrieges (1853-1856), erteilt in einem Salon

- Mit welchem Tier würden Sie den Dämon Krieg vergleichen? Mit einer Schlange?
- Vielleicht mit einer Hydra.
- Das wären mehr als tausend Schlangenköpfe. Jeder mit einer Giftzahnreihe.
- Hat bisher niemand als Tier gesehen. So etwas habe jedenfalls ich noch nie gesehen.
- Als Metapher dennoch möglich.
- Darstellbar mit Buchstaben? Oder in Musik?
- Viele Versuche in der bildenden Kunst blieben vergebens. Die drei donnernden »Reiter des Schicksals« bei Dürer geben die Wirklichkeit des Krieges nur ungefähr wieder. Krieg ist kein Reiter, er hat keine Dreigestalt (»Trinität«), und er ist mit seinen tückischen Schlichen, seinen PHANTASMAGORIEN, seinen chamäleonartigen Wandlungen und seiner PERSISTENZ, was seine Wiederkehr betrifft, mit nichts in der Malerei vergleichbar.
- Ist der Krieg mathematisch?
- Wenige Teile davon. Es ist, als ob man ein Auge zukniffe und mit dem zweiten Auge einen Dämon sähe, der sich »anti-mathematisch« verhält.
- Und »sehen« wäre eine Übertreibung?
- Krieg kann man nicht sehen.

– Mit welchen Sinnen, welchen menschlichen Gemütskräften könnte man mit dem Krieg umgehen?
– Was meinen Sie mit »umgehen«? Ihn beobachten? Ihm auf die Schliche kommen? Ihn beenden? Ihn »überwintern«? »Vergessen«? »Vertrödeln«? »Verschlafen«? Ihn »sabotieren«?
– Die Summe aus alldem wäre etwas Gutes.

Der Gegenbegriff zum Krieg ist nicht »Frieden«, sondern »Anti-Krieg«: eine dauerhafte Arbeit, die am besten bereits mitten im Krieg beginnt

– Man braucht für den Suchbegriff ANTI-KRIEG, ungewohnt in der Umgangssprache, sämtliche Sinne, die fünf natürlichen Sinne (vor allem deren Derivate und Extensionen), die 32 »gesellschaftlichen Sinne«, den sammlerischen Sinn, der in den Wolken der Kausalität zu segeln versteht, die NEUGIER AUF DAS UNERWARTETE UND DAS GANZ UNWAHRSCHEINLICHE, die Sinne, die ihre Sensoren in die Zukunft richten, die Zukunft, die noch geboren werden will, die Wurzeln, die in der Vergangenheit arbeiten: ein Kosmos aus Wünschen, Sinnen, Suchbegriffen, Erzählungen und Brunnen.
– Finden Sie nicht, dass Sie hier sehr verschiedene Arten von Wirklichkeit vermischen?
– Ohne Vielfalt keine Realität.
– Wäre das ein »Geist in allen Dingen«?
– Sie meinen ein Hirngespinst?
– Wird die Realität tödlich, wäre ein Hirngespinst, wenn es einen Notausgang eröffnet, nichts Unrealistisches.
– Nochmals: Was ist der Krieg, der nicht aussterben will? Er

hat den Beigeschmack des Unheimlichen. Als begleite er das Menschengeschlecht wie ein Schatten. Er gibt sich den Anschein, realitätsmächtig zu sein …

Der Philosoph Moellendorff aus Marburg, ein Gelehrter aus den USA, mit dem dieser Dialog stattfand, hielt den Krieg eher für ein Hirngespinst und nicht für eine Unausweichlichkeit. Er bestritt ihm die LOGIK. Bisher seien, so seine Behauptung, alle Kriege gestorben, einige geradezu verendet. Evolutionär könne sich der Krieg nirgends als »Siegermacht« aufführen.

– Er tötet, aber er ist ein Phantast …
– In bezug auf sich als Entscheider.

Er ist Beipack der Menschheit, Geburtshelfer für nichts, antwortete Moellendorff. Das Gespräch, das bis vier Uhr früh dauerte, weil beide Dialogpartner mit aller Emotion sich engagiert fühlten, also die Arbeit an einer unendlichen Melodie dem Nachtschlaf vorzogen, quasi zwei Besessene, splitterte sich auf. Für technische Erfindungen, jedoch nicht für eine Gegenimpfung gegen sich selbst sei der Dämon Krieg begabt. Zugleich sei er mit Gewissheit sterblich. Anders sterblich als die Menschen, die er tötet, aber ebenso endlich. Darin Übereinstimmung zwischen den Dialogpartnern. In dieser Nachtstunde kamen die beiden, ohne dass sie es notiert hätten, zu der Verständigung, dass vor allem während und unter dem unmittelbaren Eindruck VERRÜCKTER KRIEGE die Chance bestehe, die Mittel gegen Wiederholungen der jeweiligen Verrücktheiten – sie sind ganz im Besonderen versteckt, in den unterirdischen Flüssen – zu erforschen. Das sei weder im Vorkrieg noch im Nachkrieg, sondern im aktuellen Krieg – *ex bello* – am besten möglich. Vor dem Krieg, nach dem Krieg reichen die sinnlichen und begrifflichen Kräfte zu nichts, was die Neuformierung von Kriegsursachen zuverlässig sabotieren könnte, so wie die Widerstandskräfte des Körpers nur während der Krankheit der Infektion entgegenwirken. Mehr als diese NACHT ZWEIER AUFGEKLÄRTER GEISTER hatte im Jahre 2022 die Menschheit für eine GLÜCKSPERSPEKTIVE nicht aufzubieten.

»Jeder Irrtum hat einen Grund«

Jeder Irrtum hat einen Grund. Die Suche nach Gründen gräbt und findet einen Schatz an Erfahrungen. In den Gründen, die zum Irrtum führen, steckt mehr Erfahrung als in den Sammlungen wahrer Sätze.

Die Irrtümer des Königs Krösus

König Krösus, ein kleinasiatischer Herrscher, hielt sich für einen Glückspilz. Um dennoch seinem Glück nachzuhelfen, bestach er das Orakel. Das Orakel rächte sich, indem es ihm eine zweideutige Auskunft erteilte. Krösus hatte nämlich gefragt, ob er einen Krieg gegen den Großkönig von Persien führen solle. Das Orakel hatte geantwortet: »Wenn du den Grenzfluss überschreitest, wirst du ein großes Reich zerstören.« Krösus ging davon aus, dass damit Persien gemeint sei. Tatsächlich irrte er doppelt: Er verlor den Krieg, zerstört wurde sein eigenes Reich. Zuletzt stand er auf dem Scheiterhaufen und erwartete seinen Tod. Der grundlegende Irrtum aber bestand darin, dass ein Herrscher, der einen Krieg anfängt, ihn irgendwie bestimmen könne. Ist der Krieg ausgebrochen, hört die Herrschaft über ihn auf. »Krieg duldet keinen Vorgesetzten.«

Die Moderne entzündete sich in einem aggressiven Milieu. Sie entstand aus der Ernsthaftigkeit des Krieges. Die Ernsthaftigkeit des Krieges ist der Vater des Kriegsendes.

Filme

Tango Dinamita. Mit Sir Henry. 01:06

Die Frau auf dem Schlachtfeld. 01:00

Der Marne-Schlacht-Tango. 02:00

Oberst Bruchmüller. 05:02

Jedes Mal nach dem Untergang. 00:39

László Moholy-Nagy vom *Bauhaus* (»Ich als Verwundeter«, ca. 1917), 2019. Nach der Vorlage gemalt von Ivan Syros, 2019.

Die Entstehung der Moderne aus dem Geiste der Messtischblätter für Haubitzen

Im dritten Jahr des Ersten Weltkrieges löste die »Zerfahrenheit aller Verhältnisse«, das Nicht-enden-Wollen von sinnlosen Kämpfen, bei einer Minderheit der Offiziere Zweifel an der »artilleristischen Vernichtungsstrategie« aus. Sie halte den Gegner in den Gräben des Stellungskrieges geradezu fest, statt ihn zu vertreiben. Es entstand ein Überdruss an der erlangten, eingeübten, »verwalteten Vernichtungsarbeit« der Artillerie: eine »Allergie des Geistes«. In Italien und in Deutschland entstand die Idee der »Sturmtrupps«.

Oberst Bruchmüller, ein Reformer der Artillerie, bereits in Pension, wird in sein Amt zurückberufen. An die Stelle des »Vernichtungsfeuers«, das noch die Schlacht um Verdun charakterisiert, tritt im Verlauf des Jahres 1917 eine »revolutionäre Taktik« der Artillerie, die sich auf punktgenaues Feuern – also auf Zielpunkte wie Straßenkreuzungen, Nachschubdepots, Befehlszentralen des Gegners – richtet, ähnlich der Technik der Himars-Raketenartillerie 2022 in der Ukraine. Das ist der gleiche Geist, an dem der Ingenieur Robert Musil, 1917 österreichischer Offizier im Alpenkrieg, seine Beobachtungsgabe schärft. Bis zu seinem Lebensende 1942, mitten im Zweiten Weltkrieg, bohrte und gründelte er an einem Textgebäude, das 1913 ansetzt und alle Seiten der sphinxhaften Moderne ausleuchtet.

Franz Kafka schließt sich 1916 an. Er will die Irrfahrt seiner Zeit in einem Roman über den Rückzug der napoleonischen Armee im Winter 1812 in Russland festhalten. László Moholy-Nagy, wenig später Aktivist am Bauhaus, arbeitet zu dieser Kriegszeit an den Messtischdaten für schwere Haubitzen. Aus dieser Wurzel, der Mathematik und der Schießkunst, entsteht nach dem Krieg der Konstruktivismus. Noch

1943 in Chicago, wo die gewaltigste Rüstungsmaschine des Zweiten Weltkriegs entsteht, sieht man BAUHAUSLEUTE und MODERNISTEN an der Kriegsarbeit. Das Thema heißt jetzt Tarnung, Camouflage. Wenn der Gegner die Kunst entwickelt, seine Fabriken mit Tarnnetzen zu überziehen und Attrappen der Industrie auf in der Nähe liegenden Ackerböden zu errichten, so kann der Künstler, der »ästhetische Strukturalist«, dennoch die Schatten erkennen, welche die getarnten Gebäude auf das Nebengelände werfen. Eine der ältesten Künste, die des Odysseus: List, Maske, Tarnung, Verstellung, Aufdeckung der List usw., funktioniert wie ein Motor der Moderne. Die Dialektik der Aufklärung weist vorwärts und weit rückwärts in die Geschichte.

Entstehung der Moderne aus den Messtischblättern für Haubitzen. Filmtriptychon.
07:00

Ein libidinöser Grund für Sachlichkeit

Der Evolutionsbiologe Dr. Erwin Boltzmann behauptet, die Mehrheit aller Menschen, die in der Geschichte überlebt hätten, besäßen eine »Rohform des guten Willens«: eine überschießende Kraft, die mit keiner ihrer übrigen »nützlichen« Fähigkeiten ganz übereinstimme. In der landwirtschaftlichen Revolution der letzten 7000 Jahre sei diese »spezielle Beimischung« zu beobachten. Dass sie für die Vermehrung, d.h. für direkte Nachkommenschaft, kausal sei, lasse sich nicht nachweisen.

Sachlichkeit, d.h. Brauchbarkeit für Dritte, sagt Boltzmann, sei Derivat des Narcissus (der die Beziehung zu seinem Ebenbild wünschte).

Wie würden Sie diese tausendjährige Anziehungskraft für Sachlichkeit nennen? wird Dr. Boltzmann gefragt. Ich wiederhole mich, sagt Dr. Boltzmann, ich nenne den libidinösen Grund für solche Sachlichkeit: Selbstachtung.

»Wer auch immer siegt, stürzt ab«

(Homer)

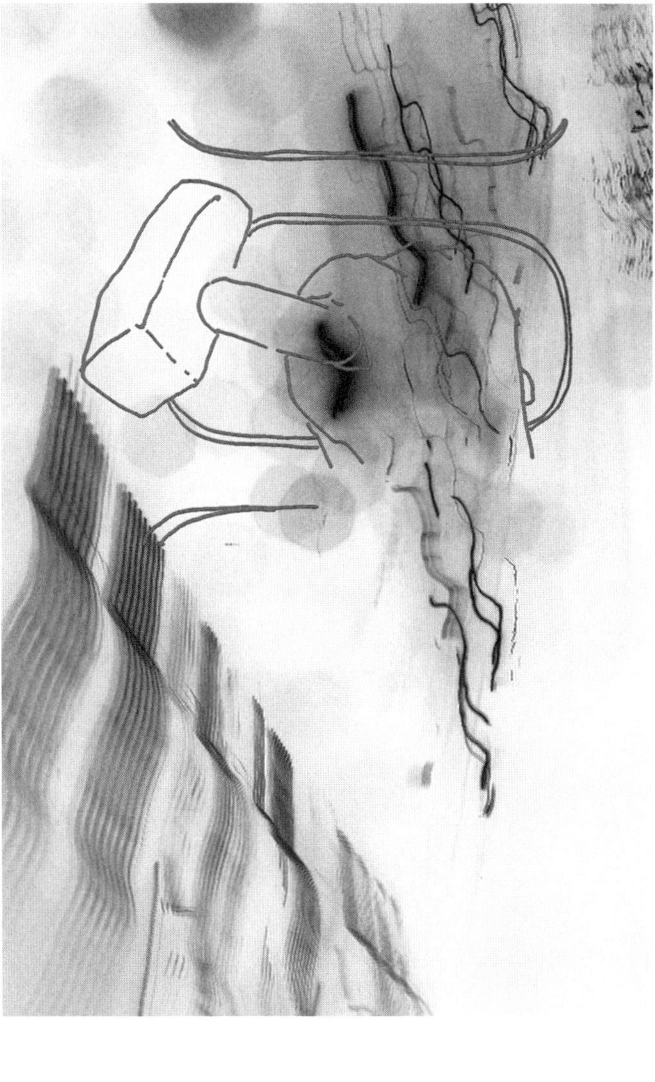

In meinem Geburtsjahr 1932 war in einer illustrierten Zeitung ein Luftkampf zu sehen. »Wenn der bewaffnete Passagier den Piloten erschlägt, werden beide abstürzen.« Die Massen an Realität, die sich in einem Krieg in Bewegung setzen, sind kein fester Boden. Eher haben sie eine Fallhöhe wie beim Luftkampf. Im günstigsten Fall entsprechen sie dem Wasser, in dem die Titanic versank.

Wie Bismarck weinte, weil er keine Siegesparade wollte

Wenn ich an die Redewendung »Frieden schließen« denke, erzählte mein Vater, ein Arzt, sehe ich vor mir einen Mann, dem »eiserne Härte« zugesprochen wurde, den Grafen Bismarck. Noch ist er kein Fürst, kein Reichskanzler. Er sitzt in der Abenddämmerung in einer Stube eines Schlosses südlich von Königgrätz. So hieß das Schlachtfeld des vorherigen Tages in preußischer Version. Die österreichische Armee ist besiegt. Dieser Mann, dem eine gewisse Versteinerung nachgesagt wird, ist ein »beweglicher und bewegter Geist«. Er fühlt sich »verantwortlich«. Er »weint«, ihm rinnen die Tränen aus beiden Augen. Es ist salzhaltige Flüssigkeit, ursprünglich abstammend aus Organen von Seetieren, den Vorfahren auch von preußischen Naturen. Das ist mindestens fünf Millionen Jahre her. Aus so ferner Zeit hat sich die Fähigkeit erhalten, Versteinertes zu verflüssigen. Salz aus dem Inneren von Seele und Körper nach außen zu treiben.

Der Grund für die Tränen: Der König von Preußen beharrt darauf, nach der siegreichen Schlacht nach Wien zu marschieren. Dort will er eine SIEGESPARADE veranstalten. Vom Darm an aufwärts hat Bismarck ein bewegtes Körperleben, und darüber erhebt sich eine Seele, die weiß: Wenn wir triumphieren, verlängern wir den Krieg ins Unendliche.

Er hat mit seiner Trauerarbeit in der Dämmerstunde künftige Kriege nicht verhindern können. Noch am 30. April 1945 hängt sein Porträt im Bunker der Reichskanzlei, in dem Hitler sich umbringt. Es wird dann aus dem Rahmen herausgeschnitten, eingerollt und durch die Linien der Russen in den Westen gerettet. Das Porträt hatte durch seine Präsenz in der Reichskanzlei den Kriegsausbruch von 1939 nicht verhindert. Jetzt aber, 1866, behindert das »weinerlich verzerrte große Gesicht«, weil es durch seine Offenheit, seine Waffenlosigkeit den König erschüttert, dessen Absicht, auf seinem Paradewunsch zu bestehen. Keine Parade, keine Fortsetzung des Krieges. So etwas ist Heilkunst. Dabei war dieser preußische Aristokrat kein Arzt.

Ist das Teleskop oder die Träne die bessere Verstärkung des Auges?

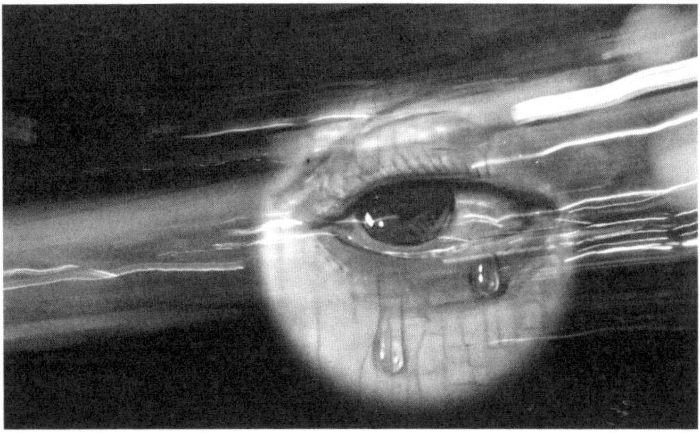

»Die Unmöglichkeit, nicht zu weinen.« Aus der Serie »Lichter im Hafen«. Druck auf Aluminium, 48 × 42 cm.
Galerie Knust/Kunz München, 2022.

Hier haben Sie eine Träne. Dahinter sehen Sie Licht aus dem Amsterdamer Hafen. Die Fähigkeit zu weinen ist etwas ganz Wunderbares. Das zeigt, dass wir von Seetieren abstammen. Denn nur die können salzige Flüssigkeit von innen nach außen transportieren. Diese Fähigkeit, etwas Versteinertes in mir flüssig zu machen, das ist die Grundlage aller Musik. Die Kernform der Musik ist das Lamento, das Klagelied.

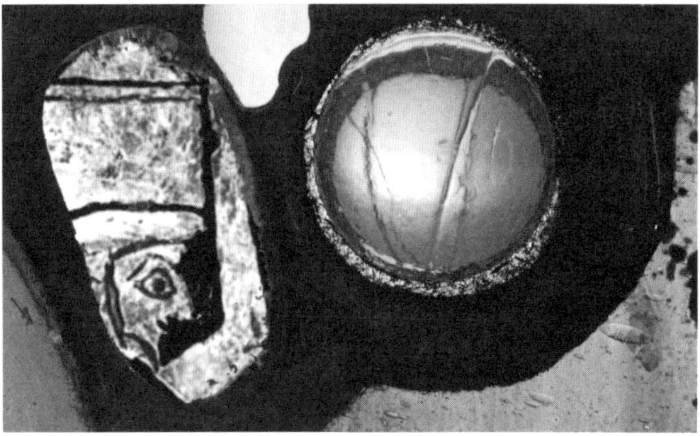

Das hier ist eine Glastafel. In der Mitte ein Stein von Sigmar Polke. Solche Steine hat er gesammelt. Sie verblieben in seinem Nachlass. Aus diesem hat Kerstin Brätsch ihn entnommen und in eine Glastafel eingebaut. Ich habe einen Ausschnitt der Glastafel vor meine Kameralinse gesetzt. Daneben ein 6000 Jahre altes Bild aus Uruk. Das Ganze ist eine *Konstellation* und beruht auf Kooperation zwischen der Sammlung eines Malers, den Glastafeln einer Künstlerin und meiner Filmarbeit. Das so entstandene Bild setzt aber zugleich das Werk eines Unbekannten von vor 6000 Jahren fort. Das ist es, was der Film kann. Die Filmkunst ist jung. Besonders gut kann sie konstellieren und Gegensätzliches verbinden.

> Die Fähigkeit zu trauern. Das ist die Stelle, wo das flüssige Element und der Stein in uns – das steinerne Herz – sich aneinander reiben.

EVENTUELL IST ES VOREILIG,
WENN ANGESICHTS DER
MENSCHLICHEN NATUR DIE
BÄUME KAPITULIEREN …

Hinweis

Das Motto des Buches ist ein Zitat aus den *Lichtenbergfiguren* des New Yorker Dichters Ben Lerner. Darin heißt es in einem Sonett: »Given men as they are, the trees surrender.« Das Lebenswerk von Georg Christoph Lichtenberg (1742-1799) gehört zu den Perlen des ZEITALTERS DER AUFKLÄRUNG. In Lichtenbergs *Figuren* geht es um Blitze, die er auf Glastafeln festgehalten hat.

Ich widme Ben Lerner dieses kleine Buch.

Nachweise

Auf den Seiten 8, 9, 115 und 117 befinden sich Zeichnungen von Thomas Thiede.

Dank

Als ich Schüler war, lernten wir Lesen und Schreiben mit einer Fibel. Wenn Krieg ausbricht, so Bert Brecht, müssen wir aufs Neue Lesen und Schreiben lernen. Etwas war falsch, wir müssen neu anfangen. Dazu brauchen wir Fibeln, und Fibeln sollen kurz sein. Nie habe ich so eng mit einem Lektor zusammengearbeitet wie mit Wolfgang Kaußen bei der Kürzung dieses Textes von 400 auf 128 Seiten. Ich danke auch der Herstellerin Ute Fahlenbock und meinen Mitarbeiterinnen Barbara Barnak und Gülsen Döhr.

A. K.

Inhalt